FRIEDRICH DÜRRENMATT

W9-DBT-824

La Visite
de la
vieille dame

Tragi-comédie en trois actes

**TRADUCTION ET ADAPTATION FRANÇAISE
DE
JEAN-PIERRE PORRET**

FLAMMARION

Titre original :
DER BESUCH DER ALTEN DAME

Dans Le Livre de Poche Biblio :
LA PANNE.

La visite de la vieille dame

Par une chaude journée d'automne, après quarante ans d'absence, Claire Zahanassian est de retour à Güllen, sa ville natale. Impatients, les habitants l'attendent à la gare. C'est qu'elle est devenue richissime, alors qu'ils affrontent, eux, la pire misère.

Je vous donne cent milliards, et pour ce prix je m'achète la justice, annonce d'emblée la vieille dame à ses concitoyens. Cent milliards pour qu'en échange soit réparée l'injustice qu'elle a subie jadis, cent milliards pour la tête de l'homme qui, lorsqu'elle avait dix-huit ans, l'a séduite et abandonnée avec son enfant !

Bouleversés et indignés, notables, commerçants et artisans de Güllen, pourtant tous ruinés, rejettent le marché. Puis, progressivement, les uns après les autres, ils cèdent à la cupidité, aux vertus magiques de la richesse : ils sacrifient Alfred Ill, leur compatriote, aux exigences de la fée maléfique. Alfred Ill mourra assassiné et deviendra, par sa mort, l'illustre bienfaiteur de la ville.

La visite de la vieille dame, est sans doute le plus grand succès théâtral de Dürrenmatt. Créée à Zurich en 1956, la pièce doit son origine à un texte écrit deux ans plus tôt, *Eclipse de lune.* On y retrouve la même idée : après quarante ans d'absence, un homme devenu riche revient dans son village et offre 14 millions aux 14 familles qui l'habitent, si elles tuent celui pour lequel sa fiancée enceinte l'a quitté. Ce récit ébauché a été bien oublié. *La visite de la vieille dame,* elle, a fait le tour du monde. En Chine, elle est même devenue une bande dessinée. On s'y est plu à souligner des traits communs entre la veuve de Mao et l'héroïne ! Les Parisiens, de leur côté, se souviennent encore de Sylvie dans le rôle de la richissime vieille, toute ruisselante de perles et de pierres précieuses, un diadème sur la tête, le cigare aux lèvres, le regard fulgurant et diabolique.

Dürrenmatt nous plonge dans un mauvais rêve. A sa manière, il a forgé un théâtre de l'absurde. Pas celui des existentialistes, ni même celui de Ionesco, dont les pièces s'installent dès le début dans l'irrationnel. Pour Dürrenmatt, l'absurde est plutôt une cassure, un point de délire qui surgit de l'univers « normal ». Au départ, rien de saugrenu. Une vieille dame qui veut retrouver son passé, des gens qui préparent une fête en son honneur, un homme, Alfred Ill, qui a été autrefois son amant. Cet Alfred Ill est le prototype de l'homme moyen, ni pire ni meilleur que les autres, un Monsieur Tout-le-Monde en somme. Mais cet aspect anodin des choses dissimule un grouillement souterrain de hantises, de frustrations, de fantasmes, de blessures jamais cicatrisées. Sous l'apparente bonhomie de la vieille dame venue revoir son village et l'accueil chaleureux des habitants, se dévoilent vite les vices cachés, les tendances mauvaises, l'instinct de meurtre. L'insolite éclate alors, l'ambiguïté, l'équi-

(Suite au verso.)

voque, le sadisme aussi. La vieille dame est bel et bien là pour assister à un sacrifice humain.

Avec quelle férocité et quelle délectation Dürrenmatt s'acharne sur ses personnages et les pousse dans l'absurde qui éclate *au moment voulu et pour un temps voulu*! L'absurde est *le moment poétique et cruel de notre existence,* ajoute-t-il encore. Théâtre de la cruauté, du grotesque, de l'ironie, du cauchemar que rien ne pourra exorciser. Chez lui, ni héros tragiques, ni coupables, ni innocents, seulement des victimes nécessaires et injustifiées !

Que ce soit dans *Le juge et le bourreau,* ou *La Promesse,* chez Dürrenmatt l'homme finit toujours par céder, par dire « oui » à ce qui le tente. Qu'on se souvienne aussi de *La Panne.* Au cours d'un procès pour rire, un homme est condamné à mort par ses joyeux compagnons de beuverie. De retour dans sa chambre, il poursuit le jeu et se suicide vraiment. Pourquoi ? Pour aller jusqu'au bout, mais aussi et surtout par esprit de méthode, par déduction logique, par espoir invincible.

La logique, tout est là ! Profondément conscient de la folie du monde, Dürrenmatt joue à démasquer cette logique quand elle devient contradictoire. Ecrivain pessimiste et mélancolique malgré son goût pour la parodie, il possède l'art suprême d'installer un climat, de nouer une intrigue, de créer une situation, puis il jongle avec cette situation comme un chat avec la souris, il introduit le suspense dans le jeu avec l'habileté des grands maîtres du roman policier. A la psychologie, il préfère les péripéties de l'action, l'avancée inexorable vers le dénouement silencieux, vers le piège qui va se refermer comme le nœud humain et opaque qui étouffe Alfred Ill. Dürrenmatt veut exprimer une certaine idée du monde et de ses valeurs, formuler son angoisse. Il n'existe pour lui ni justice ni injustice. Ni salut. Ni vérité. Le monde est obscur, douteux. Les hommes sont damnés. Chacun est renvoyé à lui-même. Le bourreau est devenu victime. Dieu et Diable sont confondus. L'univers entier est contaminé par la mort.

Nicole Chardaire

ACTE PREMIER

Avant le lever du rideau, on entend le timbre d'une gare ;
au lever, on voit un écriteau : « Güllen. » C'est évidemment
le nom de la petite ville qui est indiquée dans le fond :
ruinée et déchue. Le bâtiment de la gare est également à
l'abandon : clôture ou non, selon le pays ; un tableau
horaire à moitié déchiré contre le mur ; des installations
rouillées ; une porte avec l'inscription : « Entrée interdite. »
Au milieu : la misérable avenue de la Gare, simplement
indiquée elle aussi. A gauche : une maisonnette nue, au
toit de tuiles, avec des affiches lacérées sur les murs sans
fenêtres ; à gauche, un écriteau : « Dames » ; à droite, un
autre : « Hommes. »
Le tout baigne dans un chaud soleil d'automne. Devant
la maisonnette, un banc où sont assis quatre hommes. Un
cinquième arrive, s'assoit à côté d'eux et se met à peindre
des lettres rouges sur une banderole visiblement destinée
à un cortège : « Bienvenue à Clairette ! » On entend le bruit
de tonnerre d'un express qui passe. (On suppose les voies
au-dessus de la fosse d'orchestre, parallèles à la rampe.)
Le chef de gare salue. Les hommes sur le banc marquent
par un mouvement de tête de gauche à droite qu'ils suivent
le rapide des yeux.

LE PREMIER HOMME

La Gudrun, Hambourg-Naples !

LE DEUXIÈME

A 11 h 27, ce sera le Roland-Furieux, Venise-Stockholm.

LE TROISIÈME

Le seul plaisir qui nous reste : on regarde passer les trains.

LE QUATRIÈME

Il y a cinq ans, la Gudrun et le Roland-Furieux s'arrêtaient à Güllen. Le Diplomate et la Loreley aussi ; tous des rapides internationaux.

LE PREMIER

Intercontinentaux.

LE DEUXIÈME

Maintenant, même les trains omnibus ne s'arrêtent plus. Sauf deux de Kaffigen et celui de Kalberstadt à 1 h 13.

LE TROISIÈME

Nous sommes ruinés.

LE QUATRIÈME

Les usines Wagner effondrées.

LE PREMIER

Les laminoirs Bockmann en faillite.

LE DEUXIÈME

Les Forges de la Place-au-soleil éteintes.

LE TROISIÈME

On vit des allocations de chômage.

Des soupes populaires.

LE PREMIER

On vit ?

LE DEUXIÈME

On végète.

> *Sonnerie du timbre de la gare.*

LE DEUXIÈME

Il est grand temps que la milliardaire arrive. Paraît qu'elle a fondé un hôpital à Kalberstadt.

LE TROISIÈME

Une crèche à Kaffigen et une église commémorative à la capitale.

LE PEINTRE

Elle a commandé son portrait à Zimt, le barbouilleur académique.

LE PREMIER

Elle en a, de l'argent. Elle possède l'Armenian Oil, les Western Railways, la North Broadcasting Company et tout le quartier réservé de Hongkong.

> *Bruit de train. Le chef de gare salue. Les hommes suivent l'express des yeux, de droite à gauche.*

LE QUATRIÈME

Le Diplomate.

LE TROISIÈME

Avec ça, notre ville brillait par sa culture.

LE DEUXIÈME

Une des premières du pays.

LE TROISIÈME

D'Europe.

> *Sonnerie du timbre.*

LE QUATRIÈME

Goethe a passé une nuit ici, à l'auberge de l'Apôtre Doré.

LE TROISIÈME

Brahms y a composé un quatuor.

LE DEUXIÈME

Berthold Schwarz inventé la poudre.

LE PEINTRE

Et moi qui ai suivi brillamment les cours de l'École des Beaux-Arts à Paris, où est-ce que j'en suis maintenant ? Je peins des enseignes pour les boulangers... et ça !

> *Bruit de train qui s'arrête. A gauche paraît un contrôleur comme s'il sautait du marche-pied sur le quai.*

LE CONTROLEUR

Güllen !

LE PREMIER

L'omnibus de Kaffigen.

> *Un voyageur est descendu. Venant de la gauche, il passe devant les hommes assis sur le banc et il disparaît dans l'édicule, côté « Hommes ».*

LE DEUXIÈME

L'huissier.

LE TROISIÈME

Il vient pour la saisie de l'Hôtel de Ville.

LE QUATRIÈME

Les autorités ne sont pas mieux loties que nous.

> *Le chef de gare donne le départ. Le contrôleur sort à droite, en faisant comme s'il sautait sur le marchepied du dernier wagon.*
>
> *De la ville arrivent le Maire, le Proviseur du collège classique, le Pasteur et Ill, tous misérablement vêtus. Ill est un homme d'à peu près soixante-cinq ans.*

LE MAIRE

Notre illustre visiteuse arrivera par l'omnibus de Kalberstadt à 1 h 13.

LE PROVISEUR

Il y aura des chants du chœur mixte et du patronage.

LE PASTEUR

On sonnera la cloche d'incendie. Elle n'est pas encore au Mont-de-Piété.

LE MAIRE

La fanfare municipale se produira à la Place du Marché et l'Union sportive formera une pyramide en l'honneur de la milliardaire. Après quoi, banquet à l'Apôtre Doré. Malheureusement, nos finances ne nous permettent pas d'illuminer la Collégiale et l'Hôtel de Ville.

> *L'huissier sort de l'édicule.*

L'HUISSIER

Bonjour, Monsieur le maire. Mes respects.

LE MAIRE

Qu'est-ce que vous venez chercher par ici, Monsieur l'huissier ?

L'HUISSIER

Vous le savez bien, Monsieur le maire. Je me trouve devant une tâche écrasante. Essayez de saisir une ville entière !

LE MAIRE

Vous ne trouverez rien à la mairie, sauf une vieille machine à écrire.

L'HUISSIER

Vous oubliez le musée du Vieux Güllen.

LE MAIRE

Vendu depuis trois ans aux Américains. Nos caisses sont vides. Personne ne paie plus d'impôts.

L'HUISSIER

Faudra faire une enquête. Toute la région est prospère ; il n'y a que Güllen en faillite, avec ses Forges de la Place-au-soleil.

LE MAIRE

On se trouve devant une véritable énigme économique.

LE PREMIER HOMME

C'est un coup monté par les francs-maçons.

LE DEUXIÈME

Une machination des Juifs.

LE TROISIÈME

La haute finance est derrière.

LE QUATRIÈME

Les communistes !

> *Le timbre de la gare annonce un train.*

L'HUISSIER

J'ai des yeux d'épervier ; je déniche toujours quelque chose. Je vais faire un tour du côté de la Recette municipale.

> *Il s'en va du côté de la ville.*

LE MAIRE

Il est préférable qu'il nous pille maintenant, plutôt qu'après la visite de la milliardaire.

> *Le peintre a terminé l'inscription et la montre aux autres.*

ILL

Mais Monsieur le maire, ça ne va pas : c'est trop intime ! Il faut mettre : « Bienvenue à Claire Zahanassian ! »

LE PREMIER

Quoi ? C'est notre Clara !

LE DEUXIÈME

Clairette Wäscher !

LE TROISIÈME

On l'a vue grandir.

LE QUATRIÈME

Son père était maçon.

LE PEINTRE

Bon. Je vais simplement écrire au verso « Bienvenue à Claire Zahanassian ! » Si jamais la milliardaire est émue, on pourra toujours lui présenter le recto.

11

Un nouveau rapide passe de droite à gauche.
Les hommes le suivent des yeux. Le chef de
gare salue.

LE DEUXIÈME

Le Financier, Zurich-Hambourg.

LE TROISIÈME

Toujours à l'heure. On pourrait régler sa montre sur lui.

LE QUATRIÈME

Je t'en supplie ! Qui est-ce qui possède encore une montre, ici ?

LE MAIRE

Messieurs, la milliardaire est notre seul espoir.

LE PASTEUR

Sauf Dieu !

LE MAIRE

Sauf Dieu.

LE PROVISEUR

... Qui ne paie pas.

LE MAIRE

Ill, vous étiez très ami avec elle autrefois : tout dépend de vous.

LE PASTEUR

Mais ils se sont quittés ! Il m'est revenu une vague histoire... Ill ! avez-vous quelque chose à confesser à votre pasteur ?

ILL

Nous étions très bons amis. On était jeunes, pleins de

tempérament. J'étais un peu là, il y a quarante-cinq ans !
Et Clairette ? Je la vois encore dans la grange à Colas :
elle était comme une lumière dans l'ombre. Et dans la
forêt de l'Ermitage, elle courait pieds nus sur la mousse,
avec ses beaux cheveux rouges qui flottaient dans le vent.
Une vraie petite sorcière, diablement belle. Mince, souple
comme un épi, et tendre ! — Non, non : c'est la vie qui
nous a séparés. La vie ! Ça arrive !

LE MAIRE

Il faudrait qu'on me fournisse quelques détails sur
Madame Zahanassian, pour mon petit discours au banquet
de l'Apôtre Doré.

Il tire un carnet de sa poche.

LE PROVISEUR

J'ai parcouru les vieux registres de l'école. Hélas ! Les
notes de Clara Wäscher sont atrocement mauvaises. La
conduite aussi. Juste si j'ai trouvé un cinq en histoire
naturelle.

LE MAIRE, *prenant note*.

Bon. Un cinq en histoire naturelle. C'est bien.

ILL

Je peux vous aider, Monsieur le maire. Clairette avait
la passion de la justice. Une fois, on avait arrêté un
vagabond : elle a attaqué le gendarme à coups de pierres.

LE MAIRE

Amour de la justice. Pas mal. Cela fait toujours son petit
effet. Mais je préfère passer sous silence l'histoire du
gendarme.

ILL

Avec ça, d'une bonté ! Elle partageait tout. Un jour elle
a volé des pommes de terre pour une pauvre vieille.

13

LE MAIRE

Propension à la bienfaisance. Cela, Messieurs, il faut absolument que je le mentionne ; c'est capital. Est-ce que quelqu'un se souvient d'un bâtiment construit par son père ? Cela ferait bien dans mon discours.

PLUSIEURS VOIX

Pas âme qui vive.

LE MAIRE, *en rempochant son carnet.*

Pour ma part, je suis prêt. *(A Ill.)* C'est à vous de faire le reste.

ILL

Je vois. Il s'agit de lui faire cracher ses millions.

LE MAIRE

Très juste.

LE PROVISEUR

Une Goutte de Lait ne nous suffit plus.

LE MAIRE

Mon cher ami, il y a longtemps que vous êtes la personnalité la plus populaire de Güllen. Je démissionnerai au printemps et j'ai déjà pris contact avec l'opposition. Nous nous sommes mis d'accord pour vous proposer comme mon successeur.

ILL

Mais, Monsieur le maire...

LE PROVISEUR

C'est la vérité.

ILL

Messieurs, au fait ! Je commencerai par décrire à Clara notre situation misérable.

LE PASTEUR

Soyez prudent, délicat.

ILL

Il faut agir avec intelligence.

LE PROVISEUR

Pas de faute de psychologie.

ILL

La fanfare municipale et votre chœur mixte n'emporteront pas le morceau tout seuls.

LE MAIRE

Bien parlé. Ill, vous avez raison. Une réception manquée à la gare peut faire aller au diable toute notre affaire. C'est un moment crucial. Madame Zahanassian foule enfin le sol de sa patrie, elle retrouve une ambiance familière, elle se sent à la maison, elle est émue, elle a les larmes aux yeux. — Naturellement, elle ne me verra pas en manches de chemise comme maintenant ; je serai en noir, solennel, avec mon tube, mon épouse à côté de moi, mes deux petites-filles en blanc et chargées de roses. Mon Dieu, pourvu que tout se passe bien au bon moment !

LE PREMIER

Le Roland-Furieux.

LE DEUXIÈME

Venise-Stockholm, 11 h 27.

LE PASTEUR

11 h 27 ? Nous avons presque deux heures pour nous endimancher.

LE MAIRE

Kühn et Hauser déploieront la banderole. Vous autres,

vous agiterez vos chapeaux. Mais, s'il vous plaît ! ne hurlez pas comme l'an dernier pour la visite du ministre. Cela a fait très mauvaise impression et nous attendons toujours notre subvention. Pas de joie délirante, ce serait déplacé. Plutôt un bonheur contenu, un peu la larme à l'œil : la tendresse d'une ville qui retrouve son enfant. Soyez détendus et cordiaux, mais surtout que l'organisation soit impeccable. La cloche d'incendie doit se mettre en branle tout de suite après la fin du chœur. Attention, j'insiste...

> *Le bruit de tonnerre du train qui approche rend son discours incompréhensible. Les hommes se penchent pour voir passer l'express qui vient de la droite. Le chef de gare salue. Tout à coup, les freins grincent furieusement. La stupéfaction se lit sur tous les visages. Les cinq hommes assis se lèvent d'un bond.*

LE PEINTRE

Le rapide...

LE PREMIER

... S'arrête...

LE DEUXIÈME

... A Güllen !

LE TROISIÈME

Dans ce trou !

LE QUATRIÈME

Le plus misérable...

LE PREMIER

... Le plus pitoyable de toute la ligne Venise-Stockholm !

LE CHEF DE GARE

Les lois de la nature sont abolies ! Le Roland-Furieux

doit surgir en grondant dans la courbe de Leuthenau, passer en mugissant devant nous et se réduire à un point noir dans la dépression de Pückenried.

> *Claire Zahanassian arrive de la droite. C'est une inconfortable vieille carcasse de soixante-trois ans, habillée de noir, aux vêtements amples, avec un chapeau immense, un collier de perles, d'énormes bracelets d'or, parée comme une châsse ; impossible, mais précisément pour cela très femme du grand monde, d'une grâce peu commune en dépit de tout ce qu'elle a de grotesque. Sa suite se compose du valet de chambre Boby, dans les quatre-vingts ans, portant des lunettes noires ; de deux femmes de chambre avec des valises ; de son mari N° 7 (grand, svelte, moustache noire) qu'elle appelle Moby et qui porte un attirail complet de pêcheur à la ligne. Un chef de train très animé accompagne le groupe ; il porte casquette et sacoche rouge.*

CLAIRE ZAHANASSIAN

C'est bien Güllen ?

LE CHEF DE TRAIN, *essoufflé.*

Madame, vous avez tiré la sonnette d'alarme.

CLAIRE ZAHANASSIAN

Je tire toujours les sonnettes d'alarme.

LE CHEF DE TRAIN

Je proteste énergiquement. Dans ce pays, on ne tire jamais la sonnette d'alarme, même en cas d'alarme. Le respect de l'horaire est le premier de nos principes. Puis-je vous demander une explication ?

CLAIRE ZAHANASSIAN

Nous sommes bien à Güllen, Moby. Je reconnais ce

triste trou. Là-bas, la forêt de l'Ermitage avec le ruisseau où tu pourras pêcher tes truites et tes brochets ; à droite, le toit de la grange à Colas.

ILL, *comme au sortir d'un rêve.*

Clara !

LE PROVISEUR

La Zahanassian !

DES VOIX

La Zahanassian !

LE PROVISEUR

Le chœur mixte n'est pas prêt, ni le patronage.

LE MAIRE

Les gymnastes ! Les pompiers !

LE PASTEUR

Le sacristain !

LE MAIRE

Je n'ai pas ma redingote. Pour l'amour du Ciel ! Mon tube ! Mes petites-filles !

LE PREMIER

Clara Wäscher, Clara Wäscher !
Il part en courant en direction de la ville.

LE MAIRE, *criant après lui.*

N'oubliez pas mon épouse.

LE CHEF DE TRAIN

J'attends une explication — ordre de service ! — au nom de la direction des Chemins de fer !

18

CLAIRE ZAHANASSIAN

Vous êtes un imbécile. Je veux juste visiter le patelin ; est-ce que je devais sauter de votre express en marche ?

LE CHEF DE TRAIN

Vous avez arrêté le Roland-Furieux uniquement parce que vous ?...

CLAIRE ZAHANASSIAN

Évidemment.

LE CHEF DE TRAIN

Madame, si vous désirez visiter Güllen, vous avez à votre disposition l'omnibus de 12 h 40 à Kalberstadt. Comme tout le monde. Arrivée à Güllen à 1 h 13.

CLAIRE ZAHANASSIAN

L'omnibus qui s'arrête à Loken, Brunnhübel, Beisenbach et Leuthenau ? Prétendez-vous me faire perdre une heure pour traverser ce pays sinistre ?

LE CHEF DE TRAIN

Madame, cela vous coûtera cher.

CLAIRE ZAHANASSIAN

Boby, donne cent mille.

LA FOULE

Cent mille ?

Le valet de chambre obéit.

LE CHEF DE TRAIN

Mais, Madame ?...

CLAIRE ZAHANASSIAN

Ajoute trois cent mille pour l'Amicale des veuves des cheminots.

LE CHEF DE TRAIN, *en touchant l'argent.*

Madame, cette institution n'existe pas.

CLAIRE ZAHANASSIAN

Fondez-la.

> *Le maire s'est approché du chef de train pour lui glisser quelques mots à l'oreille après lui avoir vainement tapoté l'épaule.*

LE CHEF DE TRAIN

Comment ? Vous êtes Madame Zahanassian ? Oh pardon ! C'est tout autre chose, bien sûr. Il va de soi que nous nous serions arrêtés à Güllen, si nous avions eu la moindre idée... Je vais vous rendre votre argent, Madame. Quatre cent mille ! Bon Dieu !

LA FOULE

Quatre cent mille !

CLAIRE ZAHANASSIAN

Bagatelle ! Gardez !

LA FOULE

Gardez !

LE CHEF DE TRAIN

Est-ce que Madame désire que le Roland-Furieux attende qu'elle ait terminé sa visite ? La direction des Chemins de fer se ferait un plaisir... On dit que le portail de la Collégiale est remarquable. Gothique. Avec un Jugement dernier.

CLAIRE ZAHANASSIAN

Foutez-moi le camp avec votre tortillard.

20

LE MARI VII, *plaintif.*

Mais la presse, ma poupée, la presse qui n'est pas descendue ? Les reporters sont en train de déjeuner au wagon-restaurant en tête, ils ne se doutent de rien.

CLAIRE ZAHANASSIAN

Laisse-les, Moby. Pour le moment, je n'ai pas besoin de la presse à Güllen ; et plus tard, elle viendra.

> *Entre-temps, le deuxième homme a rapporté de la ville la redingote du maire. Le maire s'avance solennellement vers Claire Zahanassian. Le peintre et le quatrième homme brandissent la banderole : « Bienvenue à Claire Zahan ». — Le peintre n'a pas eu le temps de terminer.*

> *Le chef de gare donne le départ.*

LE CHEF DE TRAIN

Que Madame ne se plaigne surtout pas auprès de la direction. C'est un simple malentendu.

> *Le train se remet en mouvement. Le chef de train court à petits pas vers la gauche, comme s'il allait sauter sur un marchepied.*

LE MAIRE

Très honorée Madame, en tant que maire de Güllen, j'ai l'honneur insigne de recevoir en votre personne un enfant de notre...

> *Le reste du discours du maire, qui continue de parler inébranlablement, échappe à l'oreille à cause du bruit du train qui s'éloigne à grand fracas.*

CLAIRE ZAHANASSIAN

Monsieur le maire, je vous remercie de votre beau discours.

*Claire Zahanassian se dirige vers Ill qui vient
à sa rencontre un peu embarrassé.*

ILL

Clara ?

CLAIRE ZAHANASSIAN

Alfred ?

ILL

C'est beau que tu sois venue.

CLAIRE ZAHANASSIAN

Je me le suis promis depuis toujours, depuis que j'ai
quitté Güllen — je n'ai pensé qu'à ça.

ILL, *peu assuré.*

C'est gentil de ta part.

CLAIRE ZAHANASSIAN

Toi aussi, tu as pensé à moi ?

ILL

Sans arrêt. Tu le sais bien, Clara.

CLAIRE ZAHANASSIAN

C'était merveilleux, tous ces jours que nous avons
passés ensemble.

ILL, *fier.*

Et comment ! *(Au proviseur, bas.)* Vous voyez, Monsieur
le proviseur : je la tiens !

CLAIRE ZAHANASSIAN

Appelle-moi comme tu m'appelais d'habitude.

ILL, *gêné.*

Mon petit chat sauvage.

CLAIRE ZAHANASSIAN,
en ronronnant comme une vieille chatte.

Et encore comment ?

ILL

Ma petite sorcière.

CLAIRE ZAHANASSIAN

Toi, tu étais ma panthère noire.

ILL

Je le suis toujours.

CLAIRE ZAHANASSIAN

Absurde ! Tu es devenu gras, gris et ivrogne.

ILL

Mais toi, tu es restée la même, ma petite sorcière.

CLAIRE ZAHANASSIAN

Allons donc ! Moi aussi, je suis devenue vieille et grasse.
Sans compter que ma jambe gauche s'en est allée :
accident d'auto. Je ne voyage plus qu'en express. Mais la
prothèse est impeccable, tu ne trouves pas ? *(Elle soulève
sa jupe pour lui faire voir sa jambe gauche.)* Je la remue
parfaitement.

ILL, *en s'épongeant.*

Je ne l'aurais jamais deviné, mon petit chat sauvage.

CLAIRE ZAHANASSIAN

Mon septième mari, Alfred. Il possède des plantations
de tabac. Sommes très heureux en ménage.

Enchanté.

CLAIRE ZAHANASSIAN

Viens saluer, Moby. Son vrai nom, c'est Pedro ; mais Moby fait mieux. Surtout, cela rime avec Boby. Un valet de chambre se garde toute une vie, c'est sur son nom qu'il faut régler celui des maris. *(Le mari N° 7 s'incline.)* N'est-il pas mignon, avec sa moustache noire ? Moby, réfléchis ! *(Le mari N° 7 réfléchit.)* Plus fort ! *(Il réfléchit plus fort.)* Encore plus fort !

LE MARI VII

Mais je ne peux pas, ma poupée, vraiment pas.

CLAIRE ZAHANASSIAN

Bien sûr, tu peux. Essaie encore. *(Le mari N° 7 réfléchit encore plus fort. Sonnerie du timbre de la gare.)* Vois-tu ? C'est très bien. Il a presque l'air démoniaque, comme ça : pas vrai, Alfred ? On dirait un Brésilien ; erreur ! Son père était Russe. Lui, il est Grec orthodoxe. Un pope nous a mariés. Cérémonie intéressante. *(Elle lorgne l'édicule avec un face-à-main incrusté d'ivoire.)* Le chalet de nécessité, Moby, c'est papa qui l'a construit. Travail soigné. Quand j'étais gosse, je restais des heures assise sur ce toit et je crachais, mais seulement sur les hommes.

> *Au fond, le chœur mixte et le patronage se sont rassemblés.*

LE PROVISEUR

Madame, je suis ami des Muses et proviseur du collège classique. A ce double titre, je vous demande la permission de vous rendre l'hommage d'un modeste chant de folklore exécuté par notre chœur mixte et le patronage.

CLAIRE ZAHANASSIAN

Allez, l'instituteur ! Expédiez-nous votre modeste chant du folklore.

Le proviseur brandit un diapason et donne le ton. La chorale se met à chanter ; mais un train arrive de la gauche à ce moment, si bien qu'on n'entend plus les chanteurs qui continuent à mimer un chant solennel. Après le passage du train, on entend les dernières mesures du chant populaire.

LE MAIRE, *déçu.*

La cloche d'incendie ! A présent, c'est la cloche d'incendie qu'on devrait entendre !

CLAIRE ZAHANASSIAN

Bien chanté, mes amis de Güllen. Surtout la basse, le grand blond au fond à gauche avec sa grosse pomme d'Adam.

L'adjudant de gendarmerie se fraie un passage à travers le chœur et vient se mettre au garde-à-vous devant Claire Zahanassian.

L'ADJUDANT

Hahncke, adjudant de gendarmerie. A votre disposition, Madame.

CLAIRE ZAHANASSIAN, *le jaugeant.*

Merci. Je ne veux faire arrêter personne. Mais il se peut que la ville de Güllen ait bientôt besoin de vous. Savez-vous fermer un œil de temps en temps ?

L'ADJUDANT

Bien sûr, Madame. Autrement qu'est-ce que je deviendrais à Güllen ?

CLAIRE ZAHANASSIAN

Apprenez à fermer les deux.

L'adjudant est ahuri.

C'est tout à fait Clara, ma petite sorcière toute crachée.

Il se tape sur les cuisses.
Le maire se coiffe de son tube, enfin apporté
par ses deux petites-filles, jumelles de sept ans
à nattes blondes.

LE MAIRE

Madame, voici mes deux petites-filles, Hermine et Adolphine. Il n'y a que mon épouse qui manque.

Il s'éponge. Les deux fillettes font une révérence et tendent à la visiteuse un bouquet de roses rouges.

CLAIRE ZAHANASSIAN

Mes félicitations pour vos gosses. *(Elle met brusquement les roses dans les bras du chef de gare.)* Tenez.

Le maire passe en cachette son tube au pasteur qui s'en coiffe.

LE MAIRE

Notre pasteur, Madame.

CLAIRE ZAHANASSIAN

Aha, le pasteur ! Savez-vous réconforter les mourants ?

LE PASTEUR

Je fais de mon mieux.

CLAIRE ZAHANASSIAN

Et les condamnés à mort ?

LE PASTEUR

La peine de mort est abolie dans notre pays, Madame.

On la rétablira peut-être.

*Le pasteur un peu déconcerté repasse le tube
au maire.*

ILL, *en riant.*

Tu pousses la plaisanterie un peu loin, mon petit chat
sauvage.

CLAIRE ZAHANASSIAN

A présent, je veux voir le patelin. *(Le maire lui offre le
bras.)* Vous en avez, des idées, Monsieur le maire. Je ne
fais pas des kilomètres à pied avec ma prothèse.

LE MAIRE, *affolé.*

Tout de suite, tout de suite ! Le docteur a gardé sa
vieille Mercedes.

L'ADJUDANT, *en claquant les talons.*

A vos ordres, Monsieur le maire ! Je vais réquisitionner
la voiture et je l'amène ici.

CLAIRE ZAHANASSIAN

Pas la peine. Depuis mon accident, je ne me déplace
plus qu'en chaise à porteurs. Roby et Toby, en avant !

*De la gauche arrivent deux monstres hercu-
léens qui mâchent du chewing-gum. Ils amè-
nent une chaise à porteurs de style ancien.
L'un d'eux porte une guitare sur le dos.*

CLAIRE ZAHANASSIAN

Deux gangsters de Manhattan, condamnés à la chaise
électrique à Sing-Sing. Libérés sur ma demande pour me
servir de porteurs. Cela m'a coûté un million de dollars
par tête. La chaise provient du Louvre ; cadeau du prési-

dent Coty. Quel homme aimable ! Il ressemble tout à fait à ses portraits dans les journaux. Roby et Toby, en ville !

LES DEUX PORTEURS

Yes, Mam !

CLAIRE ZAHANASSIAN

Mais d'abord à la grange à Colas, puis à la forêt de l'Ermitage : je désire faire un pèlerinage avec Alfred aux lieux privilégiés de notre vieil amour. Entre-temps, qu'on dépose mes bagages et le cercueil à l'Apôtre Doré.

LE MAIRE, *estomaqué.*

Le cercueil ?

CLAIRE ZAHANASSIAN

Il fait partie de mes bagages, ça peut toujours servir. Roby et Toby, allez !

> *Les deux monstres mâcheurs de chewing-gum emportent Claire Zahanassian vers la ville. Sur un signe du maire, tout le monde éclate en hourras qui s'apaisent au moment où la foule décontenancée voit deux porteurs chargés d'un cercueil très richement décoré. La cloche d'incendie se met à sonner.*

LE MAIRE

La cloche d'incendie, enfin !

> *La population emboîte le pas au cercueil. Derrière : les femmes de chambre avec les bagages et des valises innombrables que portent des habitants de Güllen. L'adjudant de gendarmerie règle le trafic. Au moment où il veut se joindre à la queue du cortège, il voit apparaître deux petits vieillards gras et mous, fort soigneusement vêtus, qui se tiennent par la main.*

28

LES DEUX BONSHOMMES, *ensemble*
et presque en chantant d'une voix aiguë.

Nous sommes à Güllen, nous le sentons, nous le sentons. Nous le sentons à l'air que nous respirons, l'air de Güllen.

L'ADJUDANT

Qui êtes-vous ?

LES DEUX BONSHOMMES

Nous appartenons à la vieille dame, nous appartenons à la vieille dame. Elle nous appelle Koby et Loby.

L'ADJUDANT

Madame Zahanassian loge à l'auberge de l'Apôtre Doré.

LES DEUX BONSHOMMES, *très gais.*

Nous sommes aveugles, nous sommes aveugles.

L'ADJUDANT

Aveugles ? Dans ce cas, je vais vous conduire.

LES DEUX BONSHOMMES

Merci bien, Monsieur l'agent, merci bien.

L'ADJUDANT

Si vous êtes aveugles, comment savez-vous que je suis de la police ?

LES DEUX BONSHOMMES

A votre voix, à votre voix. Tous les policiers ont la même voix.

L'ADJUDANT

Vous devez avoir eu des démêlés avec l'autorité, mes petits bonshommes.

LES DEUX BONSHOMMES, *étonnés.*

Des hommes ? Il nous prend pour des hommes.

L'ADJUDANT

Qu'est-ce que vous êtes, alors ?

LES DEUX BONSHOMMES

Vous verrez, vous verrez.

L'ADJUDANT, *déconcerté.*

Toujours de bonne humeur, au moins.

LES DEUX BONSHOMMES, *hilares.*

On nous gave de côtelettes et de jambon, de côtelettes et de jambon. Tous les jours, tous les jours.

L'ADJUDANT

A ce régime-là, je ferais peut-être aussi des cabrioles. Allons ! Donnez-moi la main. *(Pour lui.)* Ces étrangers ont un humour bizarre.

> *Il remonte vers la ville, entre les deux bonshommes qu'il mène par la main.*

LES DEUX BONSHOMMES, *en continuant de sautiller comme des enfants.*

Allons rejoindre Boby et Moby, Roby et Toby.

> *Changement de décor à vue. Les façades de la gare et de la maisonnette s'élèvent dans les cintres. Le fond qui représentait la petite ville s'est transformé en intérieur de l'auberge de l'Apôtre Doré. On peut faire descendre des cintres une vraie figure d'apôtre, enseigne dorée de l'auberge, emblème qui planerait au-dessus du plateau au cours des deux scènes à l'auberge qui suivent. Tableau du luxe déchu : tout est pourri, usé, cassé, empoussiéré ; le plâtre*

s'en va par morceaux. Au fond un escalier ; des porteurs en procession infinie le montent avec leurs charges. Le maire et le proviseur boivent le coup à une table au premier plan à droite.

LE MAIRE

Des valises, rien que des valises en tas. Et tout à l'heure, ils ont monté une panthère noire dans une cage, un vrai fauve en chair et en os.

LE PROVISEUR

Elle a fait mettre le cercueil dans une pièce spéciale. Étrange !

LE MAIRE

Les femmes illustres ont de ces idées !

LE PROVISEUR

Elle a l'air de vouloir s'installer ici pour longtemps.

LE MAIRE

Tant mieux ! Alfred Ill en fera ce qu'il voudra. Il l'a appelée « mon petit chat sauvage » et « ma petite sorcière » ; il va lui soutirer des centaines de millions. A la santé de la dame, mon cher ami ! A la résurrection des laminoirs Bockmann par Claire Zahanassian !

LE PROVISEUR

Des usines Wagner !

LE MAIRE

Des Forges de la Place-au-soleil ! Si elles démarrent, tout démarre avec : la commune, votre collège, la prospérité pour tous !

Ils trinquent.

LE PROVISEUR

Je corrige les exercices grecs et latins des élèves de Güllen depuis plus de vingt ans ; eh bien, Monsieur le maire, il y a seulement une heure que je sais ce que c'est que l'épouvante. L'apparition de la vieille dame en noir à sa descente du train m'a proprement terrifié : j'ai cru voir une Parque — *(Pour le maire qui n'a pas compris)* une déesse de la mort. Au lieu de Clara, elle devrait s'appeler Clotho. On la croirait bien capable de couper le fil des vies humaines.

> *Entre l'adjudant de gendarmerie. Il accroche son képi à une patère.*

LE MAIRE

Prenez place à table, adjudant.

L'ADJUDANT

C'est pas un plaisir, d'exercer dans ce patelin. Mais dorénavant, les fleurs vont pousser sur nos ruines. J'étais dans la grange à Colas avec Ill et la milliardaire. Quelle scène émouvante. Le couple était recueilli comme à l'église. J'étais gêné d'y être. C'est pour ça que je me suis écarté, quand ils sont partis pour la forêt de l'Ermitage. Une procession dans les règles ! Devant, la chaise à porteurs ; Ill à côté et, par derrière, le valet de chambre et le septième mari avec sa canne à pêche.

LE PROVISEUR

Consommation d'hommes excessive ! Une seconde Laïs — *(Même jeu)* une grande courtisane !

L'ADJUDANT

Et puis les deux gros petits bonshommes. Le diable sait ce que ça veut dire.

LE PROVISEUR

Ils me mettent mal à l'aise. Des monstres surgis du fin fond de l'enfer.

Je me demande ce qu'ils cherchent dans la forêt de l'Ermitage.

L'ADJUDANT

Comme dans la grange à Colas, Monsieur le maire. Ils font la tournée des endroits où a brûlé leur passion, comme on dit.

LE PROVISEUR

Passion dévorante. Ici, je pense à Shakespeare : Roméo et Juliette. Messieurs, je suis bouleversé. C'est la première fois que je sens la grandeur antique à Güllen.

LE MAIRE

Surtout, nous allons boire à la santé de notre excellent Ill, qui se donne tant de peine pour améliorer notre sort. Messieurs, buvons au plus aimé des citoyens de notre ville, à Ill mon successeur !

> *Ils trinquent, puis se figent. L'apôtre de l'enseigne s'envole dans les cintres. De gauche arrivent les quatre hommes du début portant un simple banc de bois sans dossier qu'ils placent à gauche. Le premier homme monte sur le banc. Il porte pendu au cou un grand cœur de carton percé d'une flèche avec les initiales A. C. Les trois autres se placent en demi-cercle autour de lui. Ils portent des branchages au bout de leurs bras tendus, pour figurer des arbres.*

LE PREMIER HOMME

Nous sommes des bouleaux, des pins, des hêtres...

LE DEUXIÈME

Des sapins vert foncé...

De la mousse, du lichen, des fourrés de lierre...

LE QUATRIÈME

Une garenne, un sous-bois...

LE PREMIER

Des nuages qui passent, des appels d'oiseaux...

LE DEUXIÈME

Un coin préservé de l'antique forêt vierge d'Allemagne...

LE TROISIÈME

Des fausses oronges, des chevreuils effarouchés...

LE QUATRIÈME

Du bruit dans les ramures... Ou de très vieux rêves !

> *Du fond arrivent les deux monstres masti-quant qui portent la chaise de Claire Zahanas-sian. Ill marche à côté. Derrière, le mari N° 7. Tout au fond, le valet de chambre qui mène les deux bonshommes par la main.*

CLAIRE ZAHANASSIAN

La forêt de l'Ermitage ! Arrêtez, Roby et Toby !

LES DEUX BONSHOMMES

Arrêtez, Roby et Toby ; arrêtez, Roby et Toby.

> *Claire Zahanassian descend de la chaise à porteurs, lorgne la forêt, se dirige vers le pre-mier homme qui est debout sur le banc, les bras étendus. Elle lui tape sur le ventre, puis lui tâte les bras et le nez.*

CLAIRE ZAHANASSIAN

Alfred ! Le cœur que tu as gravé. Presque effacé. Avec

nos deux noms, écartés l'un de l'autre. L'arbre a poussé. Son tronc et ses branches se sont épaissis, comme nous. Il y a bien longtemps que je n'ai pas marché dans la forêt de ma jeunesse ; gambadé parmi les branchages et le lierre violet. — Allez donc promener votre chaise derrière les taillis, mâcheurs de chewing-gum ! J'en ai assez de voir vos gueules. Et toi, Moby, va vers ton ruisseau et tes poissons.

> *Les deux monstres s'en vont par la gauche en emportant la chaise. Le mari N° 7 sort à droite. Claire Zahanassian et Ill s'assoient sur le banc, de part et d'autre du premier homme.*

CLAIRE ZAHANASSIAN

Regarde : un chevreuil.

> *Le troisième homme mime le chevreuil, fait un bond et disparaît.*

ILL

La chasse est fermée.

CLAIRE ZAHANASSIAN

Nous nous sommes embrassés sur cette roche, il y a plus de quarante-cinq ans. Nous nous sommes aimés sous ces buissons, sous ce hêtre, parmi les fausses oronges dans la mousse. J'avais dix-sept ans et toi pas tout à fait vingt. Après, tu as épousé Mathilde Blumhard, avec sa petite épicerie, et moi le vieux Zahanassian avec ses milliards. Le vieux hanneton carapacé d'or m'a trouvée dans un bordel de Hambourg ; mes cheveux rouges lui ont tapé dans l'œil.

ILL

Clara !

CLAIRE ZAHANASSIAN

Boby, un Henry Clay.

Un Henry Clay, un Henry Clay.

> *Le valet de chambre arrive du fond. Il lui tend un cigare et lui donne du feu.*

CLAIRE ZAHANASSIAN

J'aime bien les cigares. En fait, je devrais fumer ceux que fabrique mon mari, mais ils ne m'inspirent pas confiance.

ILL

C'est pour ton bien que j'ai épousé Mathilde.

CLAIRE ZAHANASSIAN

Elle avait de l'argent.

ILL

Je voulais ton bonheur ; j'ai dû renoncer au mien. Tu étais jeune et belle : l'avenir t'appartenait.

CLAIRE ZAHANASSIAN

Maintenant c'est le présent qui m'appartient.

ILL

Si tu étais restée parmi nous, tu serais aussi pauvre que moi.

CLAIRE ZAHANASSIAN

Tu es pauvre ?

ILL

Comme un épicier ruiné dans une ville en faillite.

CLAIRE ZAHANASSIAN

Aujourd'hui, c'est moi qui ai l'argent.

ILL

Depuis que tu m'as quitté, je vis dans un enfer.

CLAIRE ZAHANASSIAN

Moi, je suis devenue l'enfer.

ILL

Je me débats avec ma famille qui me reproche notre pauvreté tous les jours.

CLAIRE ZAHANASSIAN

La petite Mathilde ne t'a pas rendu heureux ?

ILL

Le principal, c'est que TU sois heureuse.

CLAIRE ZAHANASSIAN

Tes enfants ?

ILL

Aucun idéal.

CLAIRE ZAHANASSIAN

Cela leur viendra plus tard.

> *Ill se tait. Tous deux ont le regard perdu dans la forêt de leur jeunesse.*

ILL

Je mène une vie ridicule. Jamais sorti vraiment de ce patelin. Un voyage à Berlin, un autre dans le Tessin, c'est tout.

CLAIRE ZAHANASSIAN

A quoi bon ? Moi, je connais le monde entier.

ILL

Tu as les moyens de voyager.

CLAIRE ZAHANASSIAN

Non : c'est que le monde m'appartient.

> *Ill se tait. Elle fume.*

ILL

Maintenant tout va changer.

CLAIRE ZAHANASSIAN

Certainement.

ILL, *l'observant attentivement.*

Tu nous aideras ?

CLAIRE ZAHANASSIAN

Je ne laisserai pas tomber la ville de ma jeunesse.

ILL

Nous avons besoin de beaucoup de millions.

CLAIRE ZAHANASSIAN

Peu de chose.

ILL

Au moins une centaine.

CLAIRE ZAHANASSIAN

Une misère.

ILL, *enthousiasmé.*

Mon petit chat sauvage !

> *D'émotion, il lui tape sur la cuisse gauche. Il retire précipitamment sa main.*

CLAIRE ZAHANASSIAN

Ça fait mal. Tu as tapé sur la charnière de ma prothèse.

Le premier homme sort de sa poche une vieille pipe qu'il frappe avec une clef rouillée.

CLAIRE ZAHANASSIAN

Un pic.

ILL

C'est comme autrefois, quand on était jeunes et audacieux et qu'on venait s'aimer dans la forêt de l'Ermitage, du temps de nos amours. Le disque clair du soleil, là-haut sur les cimes ! Des nuages à l'horizon, l'appel du coucou...

LE QUATRIÈME

Coucou, coucou !

Ill tâte le premier homme.

ILL

Du bois bien frais, du vent dans les branches, un murmure qui m'évoque le ressac de la mer. Comme autrefois, tout est comme autrefois.

Les trois hommes qui figurent les arbres soufflent et agitent les bras.

ILL

Si le temps pouvait être aboli, ma petite sorcière ! Si la vie ne nous avait pas séparés ?...

CLAIRE ZAHANASSIAN

Tu le voudrais ?

ILL

Je ne voudrais que ça, rien que ça ! Tu sais : je t'aime ! *(Il lui baise la main droite.)* La même main blanche et fraîche.

Erreur. Encore une prothèse. En ivoire.

ILL, *en lâchant la main, horrifié.*

Clairette, est-ce que tu es toute en prothèses ?

CLAIRE ZAHANASSIAN

Presque ! Suite d'un accident d'avion en Afghanistan. Je me suis dégagée en rampant sous les décombres, seule survivante. L'équipage aussi a péri. Moi, on n'a pas ma peau.

LES DEUX BONSHOMMES

On n'a pas sa peau, on n'a pas sa peau.

> *Le mari N° 7 arrive de la droite en courant, avec un gros poisson au bout de sa ligne.*

LE MARI VII

Il y en a un qui a mordu. Un brochet. Il pèse plus de douze livres.

LES DEUX BONSHOMMES

Il y en a un qui a mordu, il y en a un qui a mordu.

> *On entend une fanfare. L'enseigne de l'Apôtre Doré redescend des cintres. Les habitants de Güllen apportent des tables couvertes de nappes pitoyables. On met les couverts et les plats sur trois tables parallèles aux rangs du public. Le pasteur arrive du fond. D'autres gens entrent, dont un homme en maillot de gymnaste. Au premier plan à droite, le maire, le proviseur et l'adjudant se raniment. La foule applaudit. Le maire se dirige vers le banc où se trouvent Claire Zahanassian et Ill. Les arbres sont redevenus des citoyens et ont gagné le fond.*

LE MAIRE

Cette tempête d'applaudissements vous est dédiée, Madame.

CLAIRE ZAHANASSIAN

Elle est pour la fanfare municipale, Monsieur le maire. Elle a joué à la perfection. Et la pyramide de l'Union sportive a été merveilleuse. J'aime les hommes en maillot et culotte courte ; ils ont l'air si naturel.

LE MAIRE

Puis-je vous conduire à table ?

> *Il mène Claire Zahanassian à la table du milieu et il lui présente sa femme.*

Mon épouse.

CLAIRE ZAHANASSIAN, *en lorgnant l'épouse.*

Annette Dummermuth, notre première de classe.

> *Le maire lui présente une seconde femme, aussi usée et aussi rébarbative que la sienne.*

LE MAIRE

Madame Ill.

CLAIRE ZAHANASSIAN

Mathilde Blumhard. Je te vois encore guetter Ill derrière la porte du magasin. Tu es maigre et pâle, ma bonne.

> *De la droite, le médecin arrive en courant. C'est un homme trapu dans la cinquantaine, avec une moustache et des cheveux noirs ébouriffés, des cicatrices au visage. Il est vêtu d'un vieux frac.*

LE MÉDECIN, *essoufflé.*

J'ai dû foncer avec ma vieille Mercedes, pour arriver à temps.

41

LE MAIRE

Le docteur Nüsslin, notre médecin.

> *Claire Zahanassian lorgne le médecin pendant qu'il lui baise la main.*

CLAIRE ZAHANASSIAN

Intéressant. Vous délivrez les certificats de décès ?

LE MÉDECIN, *interloqué.*

Les certificats de décès ?

CLAIRE ZAHANASSIAN

Quand quelqu'un meurt ?

LE MÉDECIN

Sans doute, Madame. C'est une obligation. J'y suis préposé par les autorités.

CLAIRE ZAHANASSIAN

Un de ces jours, vous pourriez diagnostiquer une attaque.

LE MÉDECIN

Une attaque ?

ILL, *riant.*

Délicieux, simplement délicieux !

CLAIRE ZAHANASSIAN, *se détournant du médecin
en lorgnant le gymnaste en maillot.*

Faites encore quelques exercices.

> *Le gymnaste plie le genou et remue les bras.*

CLAIRE ZAHANASSIAN

Admirables, ces muscles. Quelle force ! Avez-vous déjà étranglé quelqu'un ?

LE GYMNASTE, *dans sa flexion, figé de stupeur.*

Étranglé ?

CLAIRE ZAHANASSIAN

Lancez encore une fois les bras en arrière, Monsieur le gymnaste. Et puis vous ferez un appui facial.

ILL, *riant.*

Les plaisanteries de Clara, ça vaut de l'or. Elles me font mourir de rire.

LE MÉDECIN

A moi, elles me donnent des frissons dans le dos.

ILL, *à voix basse.*

Elle a promis des centaines de millions.

LE MAIRE, *le souffle coupé.*

Des centaines ?

ILL

De millions.

LE MÉDECIN

Tonnerre !

La milliardaire s'est détournée du gymnaste.

CLAIRE ZAHANASSIAN

Maintenant, j'ai faim, Monsieur le maire.

LE MAIRE

Nous n'attendons plus que Monsieur votre époux, Madame.

CLAIRE ZAHANASSIAN

Inutile. Il est à la pêche et je vais divorcer.

Divorcer ?

CLAIRE ZAHANASSIAN

Ça vous surprend ? Mon mari aussi sera surpris. J'épouse un acteur de cinéma.

LE MAIRE

Mais vous nous disiez que vous avez fait un heureux mariage.

CLAIRE ZAHANASSIAN

Tous mes mariages sont heureux. Mais le rêve de ma jeunesse a été de me marier à la Collégiale de Güllen. Il faut réaliser ses rêves de jeunesse. La cérémonie sera grandiose.

Tous s'assoient. Claire Zahanassian prend place entre le maire et Ill. A côté d'Ill, sa femme ; à côté du maire, la sienne. A droite, derrière une autre table : le proviseur, le pasteur et l'adjudant de gendarmerie ; à gauche, les quatre hommes. D'autres invités d'honneur dans le fond, avec leurs épouses, au-dessous de la banderole « Bienvenue à Clairette ». Le maire se lève, rayonnant de joie, la serviette déjà dénouée. Il fait tinter son verre.

LE MAIRE

Madame, chers concitoyens ! Madame, il y a aujourd'hui quarante-cinq ans que vous avez quitté notre petite ville, que le prince électeur Hasso le Noble a fondée jadis et qui repose si aimablement entre la forêt de l'Ermitage et la dépression de Pückenried. Quarante-cinq ans, neuf lustres, ça fait beaucoup de temps. Bien des choses se sont passées, des choses amères. Cela a été triste pour le monde, triste pour nous. Mais, Madame, nous ne vous avons jamais oubliée — vous, notre Clara. *(Applaudisse-*

ments.) Ni vous, ni votre famille. Votre mère, cette splendide créature éclatante de santé *(Ill lui chuchote quelque chose)* — hélas emportée prématurément par la tuberculose ; et votre père, si populaire, qui a édifié à la gare un bâtiment que les gens du métier et les profanes fréquentent beaucoup *(Ill, même jeu)* — admirent beaucoup ; tous deux vivent encore parmi nous en pensée, comme les meilleurs et les plus méritants. Et vous, Madame, vous gambadiez dans nos rues — hélas bien délabrées aujourd'hui ! — comme une charmante collégienne aux boucles blondes *(Ill, même jeu)* — aux belles boucles rousses. Qui ne vous connaissait ? Déjà à cette époque, chacun sentait le charme de votre personnalité, chacun pressentait votre ascension dans l'humanité à des hauteurs vertigineuses. *(Il tire son carnet de sa poche.)* Personne n'a pu vous oublier, c'est un fait. Vos exploits scolaires sont encore cités en exemple par le corps enseignant, car vous étiez particulièrement étonnante dans la branche principale de nos études : l'histoire naturelle. C'était l'expression de votre sympathie pour toutes les créatures et pour tous les êtres qui ont besoin de protection. Votre amour de la justice et votre sens de la bienfaisance provoquaient déjà l'admiration de cercles étendus. *(Applaudissements.)* C'était notre Clara, qui avait procuré de la nourriture à une pauvre vieille, en lui achetant des pommes de terre avec l'argent de poche qu'elle avait péniblement gagné chez des voisins, la sauvant ainsi de devoir mourir de faim — pour ne mentionner qu'une seule de ses actions charitables. *(Applaudissements frénétiques.)* Madame, chers concitoyens ! Les tendres germes de ces dispositions réjouissantes se sont puissamment épanouis. La collégienne aux boucles rousses est devenue une grande dame qui comble le monde de ses bienfaits. Qu'on pense à ses œuvres sociales, à ses maternités et à ses soupes populaires, à ses fondations artistiques et à ses crèches ; cela vous donnera l'envie de crier avec moi en l'honneur de celle qui retrouve son pays : Vive Clara !

CLAIRE ZAHANASSIAN

Monsieur le maire, habitants de Güllen ! La joie désintéressée que vous inspire ma visite m'émeut. J'étais en vérité une enfant assez différente de ce qu'il paraît dans le discours du maire : j'ai été battue à l'école. Et les pommes de terre de la vieille Boll, je les ai volées, avec Ill pour complice, pas du tout pour éviter à la vieille maquerelle de crever de faim, mais pour coucher enfin une fois avec Alfred dans un vrai lit ; c'était plus confortable que la forêt de l'Ermitage ou la grange à Colas. Mais pour apporter tout de même ma contribution à votre joie, je vous déclare tout de suite que je suis prête à faire à Güllen un cadeau de cent milliards. Cinquante milliards pour la ville et cinquante à se répartir entre tous les habitants.

LE MAIRE, *bégayant.*

Cent milliards.

> *La foule est figée de stupeur.*

CLAIRE ZAHANASSIAN

A une condition.

> *La foule éclate d'une joie indescriptible. Ill se frappe la poitrine d'enthousiasme.*

ILL

Cette Clara ! Merveilleux ! A se tordre ! Je vous dis : c'est ma petite sorcière toute crachée !

> *Il l'embrasse.*

LE MAIRE

Madame a dit à une condition. Puis-je la connaître ?

CLAIRE ZAHANASSIAN

La voilà. Je vous donne cent milliards, et pour ce prix je m'achète la justice.

46

LE MAIRE

Comment faut-il le comprendre, Madame ?

CLAIRE ZAHANASSIAN

Comme je l'ai dit.

LE MAIRE

Mais on ne peut pas acheter la justice !

CLAIRE ZAHANASSIAN

On peut tout acheter.

LE MAIRE

Je ne comprends toujours pas.

CLAIRE ZAHANASSIAN

Boby, avance.

> *Le valet de chambre vient se placer au milieu derrière les trois tables. Il ôte ses lunettes noires.*

LE VALET DE CHAMBRE

Je ne sais pas si l'un de vous me reconnaît.

LE PROVISEUR

Hofer, le président du tribunal.

LE VALET DE CHAMBRE

Exact. Il y a quarante-cinq ans, j'étais président du tribunal de Güllen. Après quoi j'ai été nommé à la cour d'appel de Kaffigen, jusqu'au moment ou Madame Zahanassian m'a fait l'offre d'entrer comme valet de chambre à son service, il y a vingt-cinq ans maintenant. J'ai accepté. C'est une carrière peut-être un peu bizarre pour un

47

homme qui a passé par l'université, mais les gages qu'on me proposait étaient si fantastiques...

CLAIRE ZAHANASSIAN

Au fait, Boby.

LE VALET DE CHAMBRE

Comme vous venez de l'entendre, Madame Claire Zahanassian vous donne cent milliards, mais pour ce prix, elle exige la justice. En d'autres termes : Madame Zahanassian offre cent milliards, à condition que vous répariez l'injustice qu'elle a subie à Güllen. Monsieur Ill, voulez-vous avoir l'obligeance ?...

Ill se lève.

ILL

Que me voulez-vous ?

LE VALET DE CHAMBRE

Avancez, Monsieur Ill.

ILL

Si vous voulez.

Il s'avance devant la table de droite en haussant les épaules.

LE VALET DE CHAMBRE

C'était en 1910. Comme président du tribunal de Güllen, j'ai eu à rendre un jugement dans un procès en recherche de paternité. Claire Zahanassian, alors Clara Wäscher, vous accusait d'être le père de son enfant, Monsieur Ill. *(Ill se tait.)* Vous avez récusé cette paternité et vous avez produit deux témoins.

ILL

Vieilles histoires ! J'étais jeune, je ne savais pas.

CLAIRE ZAHANASSIAN

Roby et Toby, amenez Koby et Loby.

> *Les deux monstres mastiquant introduisent les deux bonshommes qui restent à gauche en se tenant gaiement par la main.*

LES DEUX BONSHOMMES

Nous sommes là, nous sommes là.

LE VALET DE CHAMBRE

Les reconnaissez-vous, Monsieur Ill ?

> *Ill se tait. Les deux bonshommes sautillent d'un pied sur l'autre.*

LES DEUX BONSHOMMES

Nous sommes Koby et Loby, Koby et Loby.

ILL

Je ne les connais pas.

LES DEUX BONSHOMMES

Nous avons changé, nous avons changé.

LE VALET DE CHAMBRE

Dites vos noms.

LE PREMIER

Jakob Hühnlein, Jakob Hühnlein.

LE SECOND

Ludwig Sparr, Ludwig Sparr.

LE VALET DE CHAMBRE

Eh bien, Monsieur Ill ?

Ça ne me dit rien.

LE VALET DE CHAMBRE

Jakob Hühnlein et Ludwig Sparr, reconnaissez-vous Monsieur Ill ?

LES DEUX BONSHOMMES

Nous sommes aveugles, nous sommes aveugles.

LE VALET DE CHAMBRE

Le reconnaissez-vous à sa voix ?

LES DEUX BONSHOMMES

A sa voix, à sa voix.

LE VALET DE CHAMBRE

En 1910, j'étais juge et vous étiez témoins. Qu'avez-vous juré devant le tribunal de Güllen ?

LES DEUX BONSHOMMES

Qu'on avait couché avec Clara, qu'on avait couché avec Clara.

LE VALET DE CHAMBRE

Vous l'avez juré devant moi, devant le tribunal, devant Dieu. Était-ce la vérité ?

LES DEUX BONSHOMMES

Faux témoignage, faux témoignage !

LE VALET DE CHAMBRE

Pourquoi l'avez-vous fait ?

LES DEUX BONSHOMMES

Alfred nous avait achetés, nous avait achetés.

LE VALET DE CHAMBRE

Avec quoi ?

LES DEUX BONSHOMMES

Un litre d'eau-de-vie, un litre d'eau-de-vie.

CLAIRE ZAHANASSIAN

Racontez maintenant ce que j'ai fait de vous.

LE VALET DE CHAMBRE

Racontez.

LES DEUX BONSHOMMES

La dame nous a cherchés, la dame nous a cherchés.

LE VALET DE CHAMBRE

En effet, Claire Zahanassian les a fait chercher, dans le monde entier. Jakob Hühnlein s'était expatrié au Canada et Ludwig Sparr en Australie. Mais elle vous a trouvés. Qu'est-ce qu'elle a fait de vous ?

LES DEUX BONSHOMMES

Elle nous a livrés à Roby et Toby, à Toby et Roby.

LE VALET DE CHAMBRE

Et qu'est-ce qu'ils ont fait de vous ?

LES DEUX BONSHOMMES

Des aveugles et des eunuques, des aveugles et des eunuques.

LE VALET DE CHAMBRE

Voilà l'affaire : un juge, un prévenu, deux faux témoins et une erreur judiciaire en 1910. Je demande à la plaignante si c'est bien cela.

CLAIRE ZAHANASSIAN

C'est cela.

ILL, *en tapant du pied.*

Il y a prescription, il y a prescription depuis longtemps. Vieille histoire absurde.

LE VALET DE CHAMBRE

Je demande à la plaignante ce qu'il est advenu de l'enfant.

CLAIRE ZAHANASSIAN, *doucement.*

Il a vécu un an.

LE VALET DE CHAMBRE

A vous, que vous est-il arrivé ?

CLAIRE ZAHANASSIAN

Je suis devenue une putain.

LE VALET DE CHAMBRE

Pourquoi ?

CLAIRE ZAHANASSIAN

Le tribunal m'avait marquée.

LE VALET DE CHAMBRE

Et maintenant, Claire Zahanassian, vous voulez la justice ?

CLAIRE ZAHANASSIAN

Je me l'offre. Cent milliards pour Güllen, si quelqu'un tue Alfred Ill.

> *Silence de mort, Madame Ill se jette sur son mari et l'embrasse.*

Fredy !

ILL

Ma petite sorcière, tu ne peux pas exiger ça ? Tu n'en es pas morte.

CLAIRE ZAHANASSIAN

Non, mais je n'ai rien oublié, Ill. Ni la forêt de l'Ermitage, ni la grange à Colas, ni le lit de la vieille Boll — ni ta trahison ! Nous sommes devenus vieux tous les deux, toi décati et moi charcutée par les bistouris. Je veux que nous soldions notre compte. Tu as choisi ta vie et tu m'as imposé la mienne. Tu voulais que le temps soit aboli, tout à l'heure dans la forêt de nos souvenirs ; eh bien, je l'ai aboli et je veux la justice. La justice pour cent milliards.

LE MAIRE, *se levant, pâle et digne.*

Madame Zahanassian ! Nous sommes encore en Europe et nous ne sommes toujours pas des païens. Au nom de la ville de Güllen, au nom de l'humanité, je refuse votre offre. Nous préférons rester pauvres, plutôt que de nous couvrir de sang.

Tempête d'applaudissements.

CLAIRE ZAHANASSIAN

J'attendrai.

Rideau.

ACTE II

La petite ville, seulement indiquée. Au fond, l'auberge de l'Apôtre Doré, vue de l'extérieur. Façade Art Nouveau très décrépite. Un balcon.

A droite, une pancarte : « Alfred Ill, Épicerie. » Au-dessous, un comptoir de boutique assez sale ; derrière, des étagères avec de la marchandise défraîchie. Quand quelqu'un passe la porte imaginaire du magasin, une mince cloche tinte.

A gauche, l'inscription : « Police ». Au-dessous, une table en bois avec le téléphone. Deux chaises.

C'est le matin. Roby et Toby, toujours mastiquant, traversent la scène en transportant des couronnes et des fleurs à l'hôtel, comme pour un enterrement. Ill les regarde par la devanture. Sa fille nettoie le plancher à genoux. Son fils prend une cigarette à la bouche.

ILL

Des couronnes.

LE FILS

Ils en ramènent tous les matins de la gare.

55

Pour le cercueil vide à l'Apôtre Doré.

LE FILS

Ça ne fait peur à personne.

ILL

Toute la ville est pour moi. *(Le fils allume sa cigarette.)* Maman descend pour déjeuner ?

LA FILLE

Non. Elle dit qu'elle est fatiguée.

ILL

Mes enfants, vous avez une bonne maman. Vraiment, il faut le dire : une excellente maman. Qu'elle reste en haut, qu'elle se ménage ! Nous déjeunerons tous les trois. Nous ne l'avons pas fait depuis longtemps. Je propose des œufs et une boîte de jambon américain. Nous allons faire les choses bien, comme dans le bon temps, quand les Forges de la Place-au-soleil ronflaient.

LE FILS

Faudra que tu m'excuses.

Il ôte sa cigarette de la bouche.

ILL

Tu ne veux pas manger avec nous, Karl ?

LE FILS

Je vais à la gare. Il y a un manœuvre malade ; ils ont peut-être besoin d'un remplaçant.

ILL

Trimer sur la voie en plein soleil, ce n'est pas une occupation pour mon fils.

LE FILS

C'est mieux que rien.

Le fils sort. La fille se relève.

LA FILLE

Papa, faut que je m'en aille.

ILL

Toi aussi ? Comme ça ? Où donc, si je peux me permettre de poser une question à Mademoiselle ma fille ?

LA FILLE

Au bureau de placement. Il y aura peut-être du travail.

La fille s'en va. Ill est ému et se mouche.

ILL

Braves gosses !

Des sons de guitare tombent du balcon.

VOIX DE CLAIRE ZAHANASSIAN

Boby, passe-moi ma jambe gauche.

VOIX DU VALET DE CHAMBRE

Je n'arrive pas à mettre la main dessus.

VOIX DE CLAIRE ZAHANASSIAN

Derrière le bouquet des fiançailles, sur la commode.

Chez Ill. Un client arrive — le premier homme.

ILL

Bonjour, Hofbauer.

LE PREMIER

Des cigarettes.

Comme d'habitude ?

LE PREMIER

Non, pas ça. Des vertes.

ILL

Plus chères.

LE PREMIER

Inscrivez-les.

ILL

Parce que c'est vous, Hofbauer, et parce qu'il faut nous serrer les coudes.

LE PREMIER

On joue de la guitare.

ILL

Un des gangsters de Sing-Sing.

> *Les deux bonshommes sortent de l'hôtel, portant des cannes à pêche et tout un attirail de pêcheurs.*

LES DEUX BONSHOMMES

Belle matinée, Alfred, belle matinée !

ILL

Allez au diable !

LES DEUX BONSHOMMES

A la pêche, à la pêche.

> *Ils s'en vont par la gauche.*

ILL

Avec les cannes du septième mari.

LE PREMIER

Dans le divorce, la milliardaire a tout raflé.

ILL

On dit qu'il y a aussi laissé ses plantations de tabac.

LE PREMIER

C'est pour cela qu'elle veut faire des noces faramineuses avec le huitième. On a célébré les fiançailles hier.

> *Sur le balcon, Claire Zahanassian arrive en matinée. Elle remue la main droite, puis la jambe gauche. Ici, on peut faire entendre quelques pincements de guitare. Par la suite, ils accompagneront les scènes du balcon, un peu comme pour un récitatif d'opéra : valses ou fragments de chants nationaux, selon le texte.*

CLAIRE ZAHANASSIAN

Me voilà réajustée. Roby, le chant populaire arménien ! *(Mélodie à la guitare.)* L'air préféré de Zahanassian ; il voulait l'entendre tous les matins. C'était un homme modèle ! A côté de son énorme flotte pétrolière et de son écurie de course, il possédait des milliards en banque. Se marier dans ces conditions, ça valait le coup ! Et quel maître à danser. Il connaissait toutes les diaibleries. Tout ce que je sais me vient de lui.

> *Deux femmes arrivent chez Ill. Elles lui tendent des seaux à lait.*

LA PREMIÈRE FEMME

Du lait, Monsieur Ill.

LA SECONDE

Mon bidon, Monsieur Ill.

ILL

Bonjour. Un litre pour chacune de ces dames ?

Il ouvre une bonbonne et veut y puiser.

LA PREMIÈRE

Du lait non écrémé, Monsieur Ill.

LA SECONDE

Deux litres de lait entier, Monsieur Ill.

ILL

Du lait entier ?

Il ouvre une seconde bonbonne et y puise.

CLAIRE ZAHANASSIAN, *lorgnant les alentours.*

Belle matinée d'automne. Un léger brouillard dans les rues, une brume argentée et, par là-dessus, un ciel de violette comme les peignait mon troisième mari, le comte Holk, le fameux ministre des Affaires étrangères qui occupait ses vacances en peignant des croûtes. C'était affreux. *(Elle s'assied cérémonieusement.)* D'ailleurs, le comte tout entier était affreux.

LA PREMIÈRE

Et du beurre. Deux cents grammes.

LA SECONDE

Deux kilos de pain blanc.

ILL

Eh bien, Mesdames, on a hérité ?

LES DEUX FEMMES, *ensemble.*

Vous inscrirez.

ILL

Je comprends : il faut s'entraider.

LA PREMIÈRE

Et du chocolat : deux tablettes.

LA SECONDE

Quatre.

ILL

A inscrire aussi ?

LES DEUX FEMMES

Oui, oui.

LA SECONDE

On va le manger ici, Monsieur Ill.

LA PREMIÈRE

C'est chez vous qu'on est le mieux.

Elles vont s'asseoir au fond du magasin pour manger leur chocolat.

CLAIRE ZAHANASSIAN

Un Winston ! A présent que nous avons divorcé, je veux tout de même goûter les cigares du N° 7. Pauvre Moby, avec sa passion pour la pêche à la ligne, il doit être bien triste dans l'express qui l'emmène au Portugal.

LE PREMIER

Regardez-la : elle fume comme un sapeur.

ILL

Toujours les cigares les plus chers. Un scandale !

LE PREMIER

C'est du gaspillage. Elle devrait avoir honte, en face d'une humanité qui manque de tout.

CLAIRE ZAHANASSIAN, *fumant.*

Bizarre. Ils sont très convenables.

ILL

Elle a mal calculé son coup. Je suis un vieux pécheur, Hofbauer — qui ne l'est pas ? C'est vrai que je lui ai fait une sale blague — j'étais jeune ! Mais comme ils lui ont rivé son clou, les gens de Güllen, à l'Apôtre Doré ! Ils ont refusé en bloc, malgré notre misère à tous. La plus belle heure de ma vie.

CLAIRE ZAHANASSIAN

Scotch, Boby. Sec.

> *Un deuxième client arrive, misérable et loque-teux, comme tout le monde — le deuxième homme.*

LE DEUXIÈME

Bonjour. Il va faire chaud aujourd'hui.

LE PREMIER

Le beau se maintient.

ILL

Il y en a du monde, ce matin ! On ne voyait plus personne, mais maintenant, c'est un défilé.

LE PREMIER

C'est qu'on vous soutient. NOTRE Ill peut compter sur nous.

LES FEMMES, *en mangeant leur chocolat.*

A la vie à la mort, Monsieur Ill, à la vie à la mort !

LE DEUXIÈME

Il n'y a pas à dire : tu es la personnalité la plus aimée de la ville.

La plus importante.

LE DEUXIÈME

On va t'élire maire au printemps.

LE PREMIER

C'est comme si c'était fait.

LE DEUXIÈME

Une bouteille de gniole.

> *Ill prend une bouteille sur l'étagère. Le valet de chambre verse le whisky.*

CLAIRE ZAHANASSIAN

Va réveiller le nouveau. Je n'aime pas que mes maris dorment si tard.

ILL

A quatre cent cinquante ?

LE DEUXIÈME

Non, pas ça.

ILL

C'est ce que tu prends d'habitude.

LE DEUXIÈME

Au fond, je préfère du cognac.

ILL

Tu sais ce que ça coûte ? Personne ne peut plus se payer ça.

LE DEUXIÈME

Il faut bien s'offrir une petite douceur de temps en temps.

> *Une fille à demi nue traverse la scène avec*
> *Roby à ses trousses.*

LA PREMIÈRE FEMME, *en mangeant son chocolat.*

Un scandale, de voir la Louise se tenir comme ça.

LA SECONDE, *même jeu.*

Sans compter qu'elle est fiancée avec son pianiste, le grand blond de la rue Berthold Schwarz.

> *Ill prend une bouteille de cognac en hésitant.*

ILL

Enfin, comme tu voudras.

LE DEUXIÈME

Et du tabac pour la pipe.

ILL

Du gris ?

LE DEUXIÈME

Non, du Prince Albert.

> *Ill fait le compte.*
> *Sur le balcon paraît le mari No 8. Acteur de cinéma, grand, svelte, moustache rousse, en robe de chambre. Il peut être joué par le même acteur que le mari No 7.*

LE MARI VIII

Ma petite sauterelle, est-ce que ce n'est pas merveilleux : notre premier petit déjeuner de fiancés ? On croit rêver. Un petit balcon sous un orme qui frissonne, la fontaine de la place de l'Hôtel-de-Ville et son murmure, quelques poules qui courent sur le pavé, çà et là des femmes qui bavardent en se racontant leurs petites misères et, par-dessus les toits, la tour de la Collégiale !

Hoby, assjeds-toi et tais-toi. Le paysage, je le vois toute seule et les pensées ne sont pas ton fort.

LE DEUXIÈME

Voilà le mari maintenant.

LA PREMIÈRE FEMME, *en mangeant son chocolat.*

Le huitième.

LA SECONDE, *même jeu.*

Bel homme. Acteur de cinéma. Ma fille l'a vu dans *L'Orpheline et le Braconnier.*

LA PREMIÈRE

Moi, en curé dans le dernier Graham Greene.

Le mari Nº 8 embrasse Claire Zahanassian. Accords à la guitare.

LE DEUXIÈME, *montrant le balcon.*

Avec de l'argent, on peut s'offrir tout ce qu'on veut.

LE PREMIER, *en frappant le poing sur le comptoir.*

Pas chez nous.

ILL, *qui a terminé son compte.*

Deux mille trois cent quatre-vingts.

LE DEUXIÈME

Inscris-les.

ILL

Pour cette semaine, je veux bien faire une exception ; mais pense à me payer le 1ᵉʳ du mois, quand tu toucheras ton allocation. *(Le deuxième se dirige vers la porte.)* Helmesberger ! *(Le deuxième s'arrête. Ill s'approche de lui.)* Tu as des souliers neufs. Des jaunes, tout neufs.

Ben quoi ?

ILL

Vous aussi, Hofbauer, vous avez des souliers neufs. *(Ill regarde les femmes et se dirige lentement vers elles, plutôt effrayé.)* Vous aussi. Des souliers neufs. Des jaunes, tout neufs.

LE DEUXIÈME

Il n'y a pas de mal à ça.

LE PREMIER

On ne peut pas marcher éternellement dans de vieilles godasses.

ILL

Des souliers neufs. Comment avez-vous pu vous acheter des souliers neufs ?

LES FEMMES

On les a fait inscrire, Monsieur Ill, on les a fait inscrire.

ILL

Vous les avez fait inscrire ? Et en quel honneur vous l'obtenez, ce crédit ?

LE DEUXIÈME

Toi aussi, tu nous fais crédit.

ILL

Avec quoi vous allez payer ? *(Silence. Ill se met à bombarder les clients avec de la marchandise. Tous s'enfuient.)* Du lait entier, du Prince Albert, du cognac. Avec quoi vous paierez ? Avec quoi ?

Il se rue vers le fond et sort.

On dirait qu'il se passe quelque chose en bas, dans le magasin.

CLAIRE ZAHANASSIAN

Ils doivent se battre sur le prix de la viande.

> *Puissant accord à la guitare. Le mari N° 8 se lève brusquement.*

LE MARI VIII

Pour l'amour du Ciel, ma petite sauterelle, vous avez entendu ?

CLAIRE ZAHANASSIAN

Ce bruit ? C'est ma panthère noire.

LE MARI VIII

Quelle panthère noire ?

CLAIRE ZAHANASSIAN

Un cadeau du pacha de Marrakech. Elle se promène dans le salon. Un beau gros matou bien méchant, avec des yeux fulgurants. Je l'aime beaucoup. — Tu peux servir, Boby.

> *L'adjudant de gendarmerie s'assied à la table de gauche. Il fume et boit de la bière ; parlant lentement et posément. Ill est entré par le fond.*

L'ADJUDANT

Qu'est-ce qui vous amène, Ill ? Prenez place. *(Ill reste debout.)* Vous tremblez.

ILL

Je demande l'arrestation de Claire Zahanassian.

> *L'adjudant bourre sa pipe et l'allume confortablement.*

L'ADJUDANT

C'est curieux, très curieux.

> *Le valet de chambre sert le petit déjeuner et apporte le courrier.*

ILL

Je le demande en tant que futur maire.

L'ADJUDANT, *dans un nuage de fumée.*

L'élection n'est pas faite.

ILL

Vous allez l'arrêter sur-le-champ.

L'ADJUDANT

Vous voulez dire que vous avez l'intention de la dénoncer ? Vous le pouvez. Pour l'arrestation, c'est la police qui décide. A-t-elle commis un crime ?

ILL

Elle pousse les gens de cette ville à me tuer.

L'ADJUDANT

Et il faudrait que j'arrête cette dame, tout simplement ?

> *Il se verse de la bière.*

CLAIRE ZAHANASSIAN

Eisenhower m'envoie ses félicitations. Nehru aussi.

ILL

C'est votre devoir.

L'ADJUDANT

Bizarre, extrêmement bizarre.

ILL

Rien de plus simple.

Mon cher Ill, cette affaire n'est pas si simple. Examinons le cas posément. La dame a fait à la ville de Güllen la proposition de donner cent milliards en échange de — vous savez ce que je veux dire. C'est exact ; j'y étais. Mais ce n'est pas un prétexte suffisant pour que la police agisse et s'en prenne à Madame Zahanassian. La loi est formelle.

ILL

Il y a provocation au meurtre.

L'ADJUDANT

Attention, Ill, attention. Il n'y aurait provocation au meurtre, que si le projet de vous faire assassiner avait été pensé sérieusement. C'est clair ?

ILL

Il me semble.

L'ADJUDANT

Eh bien ? Il est impossible de prendre l'offre de la dame au sérieux ; parce que le prix de cent milliards est exagéré, vous êtes obligé d'en convenir. Pour une chose semblable, on offre cent mille ou deux cent mille, mais certainement pas davantage, croyez-moi. Cela prouve une fois de plus que tout ceci n'est pas sérieux. Et même si ça l'était, alors ce serait la dame que la police ne devrait plus prendre au sérieux, car il serait prouvé qu'elle est folle. Compris ?

ILL

Folle ou pas folle, son offre reste une menace pour ma vie. C'est pourtant logique.

L'ADJUDANT

Pas du tout. Vous ne pouvez pas être menacé par un projet, mais seulement par la mise en œuvre de ce projet. Faites-moi constater une seule tentative réelle, un commencement d'exécution, par exemple un homme qui dirigerait une arme contre vous ; j'accourrai à la vitesse du vent. Mais il se trouve justement que personne n'a l'intention de passer à l'action. Au contraire. La manifestation à l'Apôtre Doré a été impressionnante. J'ai un peu de retard, mais je vous en félicite.

ILL

Je suis beaucoup moins rassuré que vous, Monsieur l'adjudant.

L'ADJUDANT

Vraiment ?

ILL

Mes clients achètent du meilleur pain, du meilleur lait, de meilleures cigarettes.

L'ADJUDANT

Vous faites de meilleures affaires.

Il boit.

CLAIRE ZAHANASSIAN

Boby, fais acheter en bloc toutes les actions Dupont.

ILL

Helmesberger m'a pris du cognac. Avec ça, il y a des années qu'il n'a pas gagné un sou. Il vit des soupes populaires.

L'ADJUDANT

Je goûterai le cognac ce soir. Je suis invité chez lui.

Il boit.

ILL

Ils ont tous des souliers neufs ; des jaunes, tout neufs.

L'ADJUDANT

Qu'est-ce que vous avez contre les chaussures neuves ?
Je porte aussi des souliers neufs.

Il montre ses pieds.

ILL

Vous aussi.

L'ADJUDANT

Regardez.

ILL

Jaunes, aussi. Et vous buvez de la bière de Pilsen.

L'ADJUDANT

Excellente.

ILL

Avant, vous buviez de la bière de chez nous.

L'ADJUDANT

Infecte.

Musique à la radio.

ILL

Vous entendez ?

L'ADJUDANT

Eh bien ?

ILL

De la musique.

L'ADJUDANT

La Veuve joyeuse.

A la radio.

Chez Hagholzer, à côté. Il devrait fermer sa fenêtre.
Il prend note dans un carnet.

Comment Hagholzer peut-il s'offrir un poste ?

Ça le regarde.

Et vous, Monsieur l'adjudant, avec quoi paierez-vous votre bière de Pilsen et vos souliers neufs ?

Ça me regarde. *(Le téléphone qui est sur la table sonne. L'adjudant décroche le récepteur.)* Poste de police de Güllen !

Boby, téléphone aux Russes que j'accepte leurs propositions.

Entendu.

Il repose le récepteur.

Et mes clients, avec quoi paieront-ils ?

Ça ne regarde pas la police.
Il se lève et prend un fusil qui pendait au dossier de sa chaise.

Moi, ça me regarde.

Personne ne vous menace.

Il charge son arme.

Toute la ville fait des dettes. Avec les dettes, le bien-être augmente ; et avec le bien-être, la nécessité de me tuer. Comme ça, la dame n'a plus qu'à rester assise sur son balcon, à boire du café, fumer des cigares — et à attendre. Il suffit qu'elle attende.

Vous vous montez la tête.

Vous tous, vous attendez.

Vous avez bu un coup de trop. *(Il manie son arme.)* Bon, le voilà chargé. Soyez tranquille. La police est là pour faire respecter les lois, pour veiller à l'ordre et pour protéger les citoyens. Elle connaît son devoir. Que l'ombre d'une menace surgisse n'importe où, de la part de qui que ce soit, elle interviendra, Monsieur Ill, comptez-y.

Toujours est-il que vous avez une nouvelle dent en or, Monsieur l'adjudant.

Heu ?

Une dent en or toute neuve.

Vous êtes fou ?

> *Ill s'avise que l'arme est dirigée contre lui ; il*
> *lève lentement les mains.*

L'ADJUDANT

D'ailleurs : pas le temps de discuter vos hallucinations.
Faut que je m'en aille. La panthère noire a fichu le camp :
le petit chouchou de cette toquée de milliardaire. On part
pour la chasse.

> *Il sort par le fond.*

ILL

Votre gibier, c'est moi.

CLAIRE ZAHANASSIAN, *lisant une lettre.*

Le grand couturier s'annonce : mon cinquième mari,
mon plus beau mari. C'est lui qui a créé toutes mes robes
de mariée. Roby, un menuet.

> *Menuet à la guitare.*

LE MARI VIII

Mais votre cinquième était chirurgien.

CLAIRE ZAHANASSIAN

Le sixième. *(Elle ouvre une autre lettre.)* Du propriétaire
des Western Railways.

LE MARI VIII, *surpris.*

Vous ne m'en avez jamais parlé.

CLAIRE ZAHANASSIAN

Le numéro 4. Ruiné. Ses actions sont dans mon porte-
feuille. Je l'avais vampé au palais de Buckingham.

LE MARI VIII

Mais c'était Lord Ismaël !

Exact. Tu as raison, Hoby. Je l'avais oublié, lui et son château dans le Yorkshire. Donc : c'est le deuxième qui m'écrit. J'ai fait sa connaissance au Caire. On s'est embrassé au pied du Sphinx, ce sont des soirées qu'on n'oublie pas.

> *A droite, changement de décor. L'inscription « Hôtel de Ville » descend des cintres. Le troi-sième homme arrive, il enlève la caisse enregis-treuse, pousse le comptoir qu'on va pouvoir utiliser comme bureau. Entre le maire. Il s'as-sied au bureau et se met à nettoyer un revolver. Ill entre par la gauche. Au mur, le plan d'une construction.*

> *Ill entre par le fond.*

ILL

Monsieur le maire, j'ai à vous parler.

LE MAIRE

Asseyez-vous.

ILL

D'homme à homme, comme votre successeur.

LE MAIRE

Hum ! Tout à vous. *(Ill reste debout, le regard fixé sur le revolver.)* La panthère de Madame Zahanassian s'est échappée, elle rôde dans l'église. Il faut être armé.

ILL

Certainement.

LE MAIRE

J'ai mobilisé tous les hommes qui possèdent un fusil. On a retenu les enfants dans les classes.

ILL, *méfiant.*

C'est peut-être beaucoup.

LE MAIRE, *léger.*

La chasse au fauve.

LE VALET DE CHAMBRE

Le président de la Banque Internationale, Madame. Il vient d'arriver de New York par avion.

CLAIRE ZAHANASSIAN

Je n'y suis pour personne. Qu'il reprenne son avion.

LE MAIRE

Qu'est-ce qui vous tracasse ? Parlez à cœur ouvert.

ILL

Vous fumez un Havane ?

LE MAIRE

Supérieur.

ILL

Plutôt cher.

LE MAIRE

On en a pour son argent.

ILL

Autrefois, vous en fumiez d'autres, Monsieur le maire.

LE MAIRE

Des Voltigeurs.

ILL

Meilleur marché.

LE MAIRE

Trop forts.

ILL

Cravate neuve ?

LE MAIRE

Pure soie.

ILL

Vous avez dû vous acheter aussi des souliers neufs.

LE MAIRE

J'en ai fait venir de Kalberstadt. Bizarre ! Comment le savez-vous ?

ILL

Je m'en doutais.

LE MAIRE

Mais enfin, qu'est-ce qu'il vous arrive ? Vous êtes pâle. Malade ?

ILL

J'ai peur.

LE MAIRE

Peur ?

ILL

Tout va trop bien.

LE MAIRE

Première nouvelle. Ce serait réjouissant.

ILL

J'exige la protection des autorités.

LE MAIRE

Hé ! Pour quoi donc ?

ILL

Vous le savez, Monsieur le maire.

LE MAIRE

On se méfie ?

ILL

Ma tête est mise à prix pour cent milliards.

LE MAIRE

Adressez-vous à la police.

ILL

J'en viens.

LE MAIRE

Vous voilà tranquillisé.

ILL

J'ai vu briller dans la bouche de l'adjudant une dent en
or toute neuve.

LE MAIRE

Vous oubliez que nous sommes à Güllen, ville aux
traditions humanistes. Goethe y a passé une nuit, Brahms
y a composé un quatuor : noblesse oblige !

> *De la gauche arrive un homme — le troi-
> sième — qui porte une machine à écrire.*

LE TROISIÈME

La nouvelle machine à écrire, Monsieur le maire. Une
Remington.

LE MAIRE

Au bureau! *(L'homme sort par la droite.) (A Ill.)* Nous ne méritons pas votre ingratitude. Je vous plains, si vous avez perdu confiance en notre municipalité. Je ne m'attendais pas à ça de vous, c'est digne d'un existentialiste. Nous vivons tout de même dans un État respectueux des lois.

ILL

Alors, faites arrêter la dame.

LE MAIRE

C'est curieux, très curieux.

ILL

L'adjudant m'a dit la même chose.

LE MAIRE

Dieu sait que la façon d'agir de cette dame n'est pas tellement incompréhensible. En fin de compte, vous avez poussé deux garçons au parjure et vous avez réduit une jeune fille à la misère noire.

ILL

Une misère dorée de beaucoup de milliards.

Silence.

LE MAIRE

Causons franchement.

ILL

Je vous le demande.

LE MAIRE

D'homme à homme, puisque vous le désirez. Vous n'avez pas le droit, moralement, d'exiger l'arrestation de cette dame ; et, bien entendu, il n'est plus question de vous pour la mairie. Je suis navré d'avoir à vous l'apprendre.

ILL

C'est officiel ?

LE MAIRE

Tous les partis sont d'accord.

ILL

Je comprends.

Il se dirige lentement vers la gauche et regarde par la fenêtre en tournant le dos au maire.

LE MAIRE

Nous refusons, cela va de soi, la proposition de la dame ; mais cette proposition a été motivée par vos crimes, et vos crimes, nous ne les approuvons pas non plus. La fonction de maire exige des garanties d'ordre moral que vous ne remplissez plus, reconnaissez-le. Du reste, il va sans dire que nous continuerons à vous porter le même respect et la même amitié qu'avant.

De la gauche, Roby et Toby apportent de nouvelles couronnes qu'ils vont déposer à l'Apôtre Doré.

LE MAIRE

En tout cas, il est préférable de garder le silence sur toute cette histoire. J'ai déjà prévenu la Gazette de Güllen de ne rien publier.

ILL

On décore déjà mon cercueil, Monsieur le maire. Le silence est dangereux pour moi.

LE MAIRE

Vous devriez nous remercier de jeter le voile de l'oubli sur cette pénible affaire.

ILL

Si je parle, j'ai encore une chance de m'en tirer.

LE MAIRE

C'est le comble ! Mais qui vous menace ?

ILL

Un d'entre vous.

LE MAIRE, *il s'est levé.*

Donnez-moi un nom et j'enquêterai. Sans ménagements. Qui soupçonnez-vous ?

ILL

Chacun de vous.

Silence. Le maire arpente la scène.

LE MAIRE

Au nom de la ville, je proteste solennellement contre cette calomnie.

ILL

Personne ne veut me tuer, chacun espère qu'un autre le fera, si bien que ça finira par arriver.

LE MAIRE

Vous avez des visions.

ILL, *sombre, montrant le plan au mur.*

Vous aussi : des visions d'avenir.

LE MAIRE

Comment ?

ILL

C'est le futur Hôtel de Ville ?

LE MAIRE

Bon Dieu ! Il est tout de même permis d'envisager des améliorations.

Il met le revolver dans sa poche.

ILL, *calme, mais plein d'épouvante.*

Vous spéculez sur ma mort.

LE MAIRE

Mon cher, l'homme politique que je suis a le droit de croire en un avenir meilleur, sans être accusé pour cela d'arrière-pensées criminelles. Sinon, je démissionnerais. Soyez tranquille.

ILL

Vous m'avez déjà condamné.

LE MAIRE

Monsieur Ill !

ILL, *doucement, montrant le plan.*

La preuve, la preuve !

CLAIRE ZAHANASSIAN

Onassis viendra — le Duc et la Duchesse — l'Aga !

LE MARI VIII

Ali ?

CLAIRE ZAHANASSIAN

Toute la clique de la Riviera.

LE MARI VIII

Des journalistes ?

CLAIRE ZAHANASSIAN

Du monde entier. Chaque fois que je me marie, toute

la presse est là. Elle a besoin de moi et j'ai besoin d'elle. *(Elle ouvre une autre lettre.)* Du comte Holk.

LE MARI VIII

Ma petite sauterelle, est-il vraiment indispensable que vous lisiez les lettres de tous vos anciens maris à notre premier petit déjeuner en tête-à-tête ?

CLAIRE ZAHANASSIAN

Je tiens à ne pas perdre une vue d'ensemble.

LE MARI VIII, *chagrin.*

J'ai aussi mes problèmes.

> *Il se lève et jette un regard sur la ville.*

CLAIRE ZAHANASSIAN

Ta Jaguar est en panne ?

LE MARI VIII

Ce genre de petite ville m'oppresse. D'accord : les ormes bruissent, les oiseaux pépient, la fontaine susurre, mais ils en faisaient autant il y a une demi-heure. Il ne se passe rien, ni dans la nature, ni dans la population. Tout est paix, absence de soucis, satisfaction, confort aimable. Pas de grandeur, rien de tragique. J'ai la nostalgie du climat spirituel des grandes époques.

> *A gauche paraît le pasteur, le fusil sur l'épaule. Sur la table à laquelle était assis l'adjudant tout à l'heure, il étend une nappe blanche avec une croix noire ; il appuie son fusil contre la façade de l'auberge. Le sacristain l'aide à passer sa robe.*

LE PASTEUR

Entrez dans la sacristie, Ill. *(Ill entre par la gauche.)* C'est un peu sombre ici, mais il y fait bon.

ILL

Je ne voudrais pas vous déranger, Monsieur le pasteur.

LE PASTEUR

La maison de Dieu est ouverte à chacun. *(Il remarque que le regard d'Ill est tombé sur le fusil.)* Ne soyez pas surpris de voir une arme ici : la panthère de Madame Zahanassian rôdait dans notre église il y a un moment. Maintenant elle est dans la grange à Colas.

ILL

J'ai besoin de votre aide.

LE PASTEUR

Contre quoi ?

ILL

J'ai peur.

LE PASTEUR

Peur ? De qui ?

ILL

Des hommes.

LE PASTEUR

Que craignez-vous des hommes, mon fils ?

ILL

Qu'ils me tuent. Ils me traquent déjà comme une bête fauve.

LE PASTEUR

On ne doit pas craindre les hommes, mais Dieu ; pas la mort du corps, mais celle de l'âme. *(Au sacristain.)* Boutonnez-moi ma robe, s'il vous plaît.

Partout sur le pourtour de la scène apparais-
sent les hommes de Güllen : l'adjudant de
gendarmerie en tête, le maire, les quatre hommes,
le peintre, le proviseur, tous aux aguets, l'arme
prête.

ILL

Ma vie est en jeu.

LE PASTEUR

Votre vie éternelle.

ILL

La prospérité me menace.

LE PASTEUR

La menace vient plutôt de votre conscience.

ILL

Les gens sont heureux. Les jeunes filles ont des robes
neuves, les garçons des chemises bariolées. La ville
s'apprête à fêter ma mort — et moi, je crève d'épouvante.

LE PASTEUR

Ça, c'est positif.

ILL

C'est un enfer.

LE PASTEUR

L'enfer est en vous-même. Vous êtes plus âgé que moi
et vous croyez connaître les hommes ; mais on ne connaît
jamais que son propre cœur. Vous avez trahi une jeune
fille par amour de l'argent ; vous en concluez naturellement que les hommes sont prêts à vous trahir aussi pour
de l'argent. La raison de nos craintes est en nous, dans
notre cœur, dans nos péchés. Si vous admettez cette

vérité, vous aurez la seule arme efficace pour vaincre votre tourment.

ILL

Les Siemethofer ont acheté une machine à laver.

LE PASTEUR

Ne vous inquiétez pas de cela...

ILL

A crédit.

LE PASTEUR

... Inquiétez-vous du salut de votre âme.

ILL

Les Stocker ont la télévision.

LE PASTEUR

Priez ! *(Au sacristain.)* Le rabat. *(Le sacristain lui fixe le rabat.)* *(A Ill.)* Fouillez votre conscience. Prenez la voie du repentir, sinon le monde rallumera perpétuellement votre peur. C'est l'unique voie ; nous ne pouvons rien d'autre.

> *Silence. Les hommes armés de fusils s'effacent ; ce ne sont plus que des ombres sur le pourtour de scène. La cloche d'incendie se met à sonner.*

LE PASTEUR

A présent, il faut que j'exerce mon ministère ; j'ai un baptême. *(Au sacristain.)* La Bible, la Liturgie, le Psautier ! L'enfant se met à crier. Il faut l'apaiser en le guidant d'une main sûre vers la seule lumière qui éclaire notre monde.

> *Une deuxième cloche se met à sonner.*

ILL

Une nouvelle cloche ?

Eh oui ! Elle a un timbre magnifique : puissant et grave. *(Ill le regarde avec intensité ; le pasteur rentre dans le ton.)* Ill, pour votre âme, cette épreuve est positive, rien que positive.

ILL, *criant.*

Vous aussi, Monsieur le pasteur ! Comme les autres !

Le pasteur se jette sur Ill et le tient embrassé.

LE PASTEUR

Sauve-toi ! Nous sommes tous faibles, chrétiens ou incrédules. Sauve-toi ! La cloche bourdonne sur Güllen, c'est la cloche de la trahison. Va-t'en ! Ne reste pas ; ta présence nous induit en tentation.

On entend deux coups de fusil. Ill s'écroule.
Le pasteur s'agenouille à côté de lui.

LE PASTEUR

Va-t'en ! Va-t'en !

CLAIRE ZAHANASSIAN

Boby, on tire ?

LE VALET DE CHAMBRE

En effet, Madame.

CLAIRE ZAHANASSIAN

Pourquoi donc ?

LE VALET DE CHAMBRE

La panthère s'était échappée...

CLAIRE ZAHANASSIAN

On l'a touchée ?

Elle est étendue morte devant l'épicerie d'Ill.

CLAIRE ZAHANASSIAN

Pauvre petite bête. Roby, une marche funèbre !

Marche funèbre à la guitare. Le balcon disparaît.

Le timbre de la gare. La scène est comme au début du premier acte : la gare, à peu près inchangée. Mais l'horaire mural est neuf et, sur l'édicule, on voit une grande affiche qui porte un soleil rayonnant : « Visitez le Midi. » A l'extrême-droite, une autre avec la légende : « Assistez au Mystère de la Passion d'Oberammergau. » A l'arrière-plan, on distingue des grues parmi les maisons et quelques toits rénovés. Bruit d'un express qui passe. Le chef de gare salue.

Du fond arrive Ill, une pauvre petite valise à la main. Il regarde peureusement autour de lui. Lentement, comme par hasard, les habitants de Güllen débouchent de tous côtés. Ill s'arrête, hésitant.

LE MAIRE

Bonjour, Ill.

LA FOULE

Bonjour. Bonjour.

ILL, *hésitant.*

Bonjour.

LE PROVISEUR

Où allez-vous donc avec votre valise ?

A la gare.

LE MAIRE

On vous accompagne.

LA FOULE

On vous accompagne. On vous accompagne.

La foule augmente.

ILL

Il ne faut pas, vraiment pas. Ce n'est pas la peine.

LE MAIRE

Vous partez en voyage, Ill ?

ILL

Oui.

L'ADJUDANT

Où donc ?

ILL

Je ne sais pas. D'abord à Kalberstadt et puis... plus loin.

LE PROVISEUR

Comme cela : « Et puis plus loin ? »

ILL

En Australie de préférence. Je trouverai bien l'argent d'une manière ou d'une autre.

Il reprend sa marche en direction de la gare.

LA FOULE

En Australie ! En Australie !

Pour quoi faire ?

ILL, *embarrassé.*

En fin de compte, on ne peut pas vivre toujours au même endroit, des années et des années !

> *Ill se met à courir et atteint la gare. Les autres le suivent tranquillement et l'entourent.*

LE MAIRE

Émigrer en Australie ? C'est ridicule.

LE MÉDECIN

Il n'y a pas plus dangereux pour vous.

LE PROVISEUR

Un des eunuques avait aussi émigré en Australie.

L'ADJUDANT

C'est ici que vous êtes le mieux protégé.

LA FOULE

On vous protège ! On vous protège !

> *Ill regarde peureusement autour de lui, comme une bête aux abois.*

ILL, *doucement.*

J'ai écrit au préfet de Kaffigen.

L'ADJUDANT

Et alors ?

ILL

Pas de réponse.

LE PROVISEUR

Votre méfiance est incompréhensible.

LE MAIRE

Personne ne veut vous tuer.

LA FOULE

Personne. Personne.

ILL

La poste n'a pas transmis ma lettre.

LE PEINTRE

Impossible !

LE MAIRE

Le postier est membre du conseil communal.

LE PROVISEUR

C'est un homme honorable.

LA FOULE

Honorable. Honorable.

ILL

Voyez : une affiche. « Visitez le Midi. »

LE MÉDECIN

Et alors ?

ILL

« Assistez au Mystère de la Passion d'Oberammergau. »

LE PROVISEUR

Et alors ?

ILL

On construit.

91

LE MAIRE

Et alors ?

ILL

Vous portez tous des pantalons neufs.

LE PREMIER HOMME

Et alors ?

ILL

Vous devenez de plus en plus riches, vous possédez de plus en plus de choses.

LA FOULE

Et alors ?

Le timbre de la gare.

LE PROVISEUR

Voyez comme on vous aime.

LE MAIRE

La ville entière vous accompagne.

LA FOULE

La ville entière. La ville entière.

ILL

Je ne vous ai pas priés de venir.

LE DEUXIÈME

On peut tout de même te dire adieu, non ?

LE MAIRE

En vieux amis.

LA FOULE

En vieux amis. En vieux amis.

Bruit de train. Le chef de gare paraît. Un contrôleur arrive de la gauche, comme s'il venait de sauter du marchepied.

LE CONTROLEUR

Güllen !

LE MAIRE

Voilà votre train.

LA FOULE

Votre train. Votre train.

LE MAIRE

Eh bien, Ill, je vous souhaite bon voyage.

LA FOULE

Bon voyage. Bon voyage.

LE MÉDECIN

Et bonne continuation.

LA FOULE

Et bonne continuation.

La foule se presse autour d'Ill.

LE MAIRE

C'est le moment. Montez dans l'omnibus pour Kalberstadt et que Dieu vous accompagne.

L'ADJUDANT

Bonne chance en Australie.

LA FOULE

Bonne chance. Bonne chance.

Ill immobile regarde fixement ses concitoyens.

ILL, *doucement.*

Pourquoi êtes-vous tous ici ?

L'ADJUDANT

Qu'est-ce qu'il vous faut de plus ?

LE CHEF DE GARE

En voiture !

ILL

Pourquoi vous m'entourez ?

LE MAIRE

On ne vous entoure pas.

ILL

Faites-moi de la place.

LE PROVISEUR

On vous fait de la place.

LA FOULE

On vous fait de la place. On vous fait de la place.

ILL

Quelqu'un va me retenir.

L'ADJUDANT

Absurde. Montez dans le train, vous verrez que c'est absurde.

ILL

Allez-vous-en !

> *Personne ne bouge. Plusieurs hommes l'observent, les mains dans les poches.*

LE MAIRE

Je ne comprends pas ce que vous voulez. C'est à vous de partir ! Montez dans le train.

ILL

Allez-vous-en !

LE PROVISEUR

Votre peur est tout simplement ridicule.

Ill tombe à genoux.

ILL

Pourquoi êtes-vous si près de moi ?

L'ADJUDANT

Cet homme est devenu fou.

ILL

Vous voulez me retenir.

LE MAIRE

Mais voyons : montez dans le train.

LA FOULE

Montez dans le train. Montez dans le train.

ILL, *doucement, dans le silence.*

Quelqu'un me retiendra, quand je voudrai monter.

LA FOULE

Personne. Personne.

ILL

Je le sais.

L'ADJUDANT

Faudrait vous décider.

Montez donc dans votre train, mon brave.

ILL

Je le sais : quelqu'un me retiendra, quelqu'un me retiendra.

> *Le chef de gare donne le départ. Le contrôleur sort comme s'il sautait sur le marchepied du dernier wagon. Ill, écroulé au milieu des gens de Güllen, se cache le visage dans ses mains.*

L'ADJUDANT

Vous voyez : il vous a filé sous le nez.

> *La foule se retire lentement vers le fond, laissant seul Ill effondré.*

ILL

Je suis perdu.

Rideau.

ACTE III

La grange à Colas. A gauche, Claire Zahanassian est assise dans sa chaise à porteurs, immobile dans sa robe blanche de mariée avec un voile blanc. Tout à fait à gauche, une échelle. Plus loin, un char à foin, une vieille calèche, de la paille. Au milieu, en avant, un petit tonneau. Des torchons, des sacs pourris et d'énormes toiles d'araignée tombent du plafond. Le valet de chambre arrive du fond.

LE VALET DE CHAMBRE

Le proviseur et le médecin, Madame.

CLAIRE ZAHANASSIAN

Qu'ils entrent.

> *Le proviseur et le médecin arrivent en tâtonnant dans le noir. Ils trouvent enfin la milliardaire et s'inclinent devant elle. Tous deux sont maintenant vêtus de bons et solides vêtements bourgeois, presque élégants.*

LES DEUX ENSEMBLE

Madame !

> *Claire Zahanassian les lorgne avec son face-à-main.*

CLAIRE ZAHANASSIAN

Vous êtes couverts de poussière.

Ils s'époussettent.

LE PROVISEUR

Pardon. Il nous a fallu grimper sur une vieille calèche.

CLAIRE ZAHANASSIAN

Je me suis retirée dans la grange à Colas. J'ai besoin de repos. La noce à la Collégiale, tout à l'heure, m'a fatiguée. Je ne suis plus de toute première jeunesse. Asseyez-vous sur ce tonneau.

LE PROVISEUR

Merci bien.

Il s'assied. Le médecin reste debout.

CLAIRE ZAHANASSIAN

Il fait lourd ici. A étouffer. Mais j'aime cette grange ; l'odeur de foin, de paille et de graisse de voitures. Souvenirs. Du temps de ma jeunesse, tous ces outils, la fourche à fumier, la calèche, le char à foin étaient déjà là.

LE PROVISEUR

Un endroit propice à la méditation.

Il s'éponge.

CLAIRE ZAHANASSIAN

Le pasteur a parlé avec beaucoup d'élévation.

LE PROVISEUR

I Corinthiens, 13.

CLAIRE ZAHANASSIAN

Sur la charité. Vous vous êtes aussi très bien tiré

d'affaire avec le chœur mixte, Monsieur le proviseur. Le chant a été solennel.

LE PROVISEUR

Jean-Sébastien Bach : extrait de la Passion selon Saint-Matthieu. Encore sous le coup de l'émotion. Il y avait là tout le monde de l'élégance, le monde du cinéma, le monde de la finance...

CLAIRE ZAHANASSIAN

Eh bien, vos mondes se sont envolés vers la capitale en Cadillac. Pour le buffet.

LE PROVISEUR

Madame, nous aimerions ne pas abuser de votre temps précieux. Votre mari doit vous attendre impatiemment.

CLAIRE ZAHANASSIAN

Hoby ? Je l'ai renvoyé à Hollywood avec sa Jaguar.

LE MÉDECIN, *éberlué.*

A Hollywood ?

CLAIRE ZAHANASSIAN

Mes avocats demandent le divorce.

LE PROVISEUR

Mais, Madame, les invités à la noce ?

CLAIRE ZAHANASSIAN

Ils ont l'habitude. C'est le plus court de mes mariages, sauf un. Avec Lord Ismaël, cela m'a pris encore moins de temps. — Qu'est-ce qui vous amène ?

LE PROVISEUR

Notre visite est en rapport avec le cas de Monsieur Ill.

CLAIRE ZAHANASSIAN

Oh ! Alfred est mort ?

LE PROVISEUR

Madame, quelle idée ! Finalement, nous tenons ferme aux principes de notre civilisation occidentale.

CLAIRE ZAHANASSIAN

Alors, que me voulez-vous ?

LE PROVISEUR

Les gens de Güllen se sont procuré, hélas, bien des choses...

LE MÉDECIN

On peut dire beaucoup.

CLAIRE ZAHANASSIAN

On s'est endetté ?

LE PROVISEUR

Désespérément.

CLAIRE ZAHANASSIAN

En dépit des principes ?

LE PROVISEUR

Nous sommes des hommes après tout.

LE MÉDECIN

Et le moment est venu de payer nos dettes.

CLAIRE ZAHANASSIAN

Vous savez ce que vous avez à faire.

LE PROVISEUR, *plein de courage*.

Madame ! Causons ouvertement. Mettez-vous dans notre

triste situation. Il y a vingt ans que je m'efforce de faire lever les tendres pousses de la culture et des humanités dans cette commune appauvrie ; vingt ans que notre médecin se précipite de rachitique en tuberculeux dans sa vieille Mercedes. Au nom de quoi ce pénible sacrifice ? Pour l'argent ? A peine ! Nos traitements sont dérisoires. J'ai refusé carrément un poste au lycée supérieur de Kalberstadt ; et le docteur un cours à l'université d'Erlangen. Par pur amour de l'humanité ? Non, ce serait exagéré. Nous avons tenu bon pendant tant de longues années, nous et toute la ville avec nous, parce qu'il reste un espoir : l'espoir que l'antique grandeur de Güllen revivra et que nous pourrons un jour bénéficier comme autrefois des possibilités que le sol de notre patrie nous offre avec tant de prodigalité. Il y a du pétrole dans le sous-sol de la dépression de Pückenried ; du minerai sous la forêt de l'Ermitage. Nous ne sommes pas pauvres, Madame, on nous a oubliés. Il nous faut du crédit, de la confiance et des commandes. Notre économie refleurira et, avec elle, notre tradition de culture et d'humanisme. Or, Güllen a quelque chose à offrir : les Forges de la Place-au-soleil.

LE MÉDECIN

Les laminoirs Bockmann.

LE PROVISEUR

Et les usines Wagner. Achetez-les, renflouez-les et Güllen retrouvera sa prospérité. Faites que nous n'ayons pas attendu toute notre vie pour rien. Il convient de faire le placement raisonnable et rentable de quelques centaines de millions ; pas de gaspiller cent milliards.

CLAIRE ZAHANASSIAN

J'en possède deux ou trois fois autant.

LE PROVISEUR

Nous ne demandons pas l'aumône, nous proposons une affaire.

CLAIRE ZAHANASSIAN

En fait, elle ne serait pas mauvaise.

LE PROVISEUR

Ah ! Madame, je savais que vous ne nous abandonneriez pas.

CLAIRE ZAHANASSIAN

Mais elle est impossible. Je ne peux pas acheter les Forges de la Place-au-soleil, parce qu'elles m'appartiennent déjà.

LE PROVISEUR

A vous ?

LE MÉDECIN

Et les laminoirs Bockmann ?

LE PROVISEUR

Les usines Wagner ?

CLAIRE ZAHANASSIAN

C'est aussi à moi. Les usines, les terrains de la dépression de Pückenried, la grange à Colas, la ville entière, rue par rue et maison par maison. J'ai fait acheter tout le fourbi par mes agents ; j'ai fait arrêter les entreprises. Votre espoir était fou, votre ténacité absurde, votre sacrifice imbécile ; toute votre vie est inutilement gâchée.

Silence.

LE MÉDECIN

C'est monstrueux.

CLAIRE ZAHANASSIAN

J'ai quitté cette ville en plein hiver, sous les ricanements de la population qui se moquait de mes nattes rouges, de ma blouse marine et de ma grossesse avancée. J'ai pris place en grelottant dans l'express pour Hambourg. Quand j'ai distingué le contour de la grange à Colas, à travers les arabesques de givre sur la vitre, j'ai décidé de revenir un jour. Je suis là. C'est moi qui vous propose l'affaire et je dicte mes conditions. *(Elle appelle.)* Roby et Toby, à l'Apôtre Doré ! Le mari N° 9 est arrivé avec ses livres et ses manuscrits.

> *Les deux monstres arrivent du fond et soulèvent la chaise.*

LE PROVISEUR

Madame Zahanassian ! Vous êtes une femme blessée dans son amour et vous exigez la justice absolue. A mes yeux, vous êtes une héroïne antique, une Médée ! Mais nous vous comprenons si bien, que vous nous donnez le courage de vous demander davantage. Quittez votre terrible projet de vengeance ; ne nous poussez pas à la dernière extrémité. Nous sommes pauvres et faibles, mais honnêtes ; aidez-nous à mener une vie un peu plus digne. Faites triompher en vous la pure charité.

CLAIRE ZAHANASSIAN

La charité, Messieurs ? Les millionnaires peuvent se l'offrir. Avec ma puissance financière, on s'offre un ordre nouveau à l'échelle mondiale. Le monde a fait de moi une putain ; je veux faire du monde un bordel. Si on tient à entrer dans la danse et si on n'a pas de quoi casquer, il faut y passer. Et vous avez voulu entrer dans la danse. Les gens convenables sont ceux qui paient : et moi, je paie. Güllen pour un meurtre ; la prospérité pour un cadavre ! Roby et Toby, allez hop !

> *On l'emporte par le fond.*

LE MÉDECIN

Mon Dieu ! Qu'est-ce que nous allons faire ?

LE PROVISEUR

Ce que nous dictera notre conscience, docteur.

Au premier plan à droite, on voit le magasin d'Ill. L'enseigne est neuve, le comptoir reluit ; il y a une nouvelle caisse enregistreuse, de la marchandise de prix. Lorsqu'on passe la porte imaginaire, c'est un carillon qui retentit. Madame Ill se tient derrière le comptoir. Le peintre entre par la gauche avec une toile sous le bras. Costume de velours côtelé tout neuf, foulard bariolé.

LE PEINTRE

Voilà une fête ! Tout Güllen était sur le parvis de la Collégiale.

MADAME ILL

On peut accorder cette joie à Clara, après toutes ses misères.

LE PEINTRE

Des actrices de cinéma comme demoiselles d'honneur, avec des poitrines comme ça !

MADAME ILL

C'est la mode. Très élégant, Monsieur Kühn, dans votre costume neuf.

LE PEINTRE

Velours anglais. L'art aussi commence à prospérer à Güllen. *(Il lui montre son tableau.)* Pour vous, Madame ! Il quitte mon chevalet. A peine sec !

MADAME ILL

Mon mari.

LE PEINTRE

C'est de la peinture, hein ?

Et ressemblant. Il a posé pour vous ?

LE PEINTRE

Une tête pareille, cela se peint de mémoire. C'est à l'huile : c'est éternel.

MADAME ILL

Je pourrais accrocher ce portrait dans notre chambre à coucher. Alfred se fait vieux : on ne sait pas ce qui peut arriver et ça fait toujours plaisir d'avoir un beau souvenir. C'est cher ?

LE PEINTRE

Trente mille.

MADAME ILL

Je ne peux pas vous les payer en ce moment.

LE PEINTRE

Cela ne fait rien, Madame Ill, j'attendrai très tranquillement.

> *Entre le premier homme, boucher enrichi. Il y a quelques éclaboussures de sang sur son tablier neuf.*

LE PREMIER

Des journalistes. *(Il regarde par la vitrine.)* Sont en train de questionner le maire. Ils vont aussi passer par ici.

MADAME ILL

Nous sommes des gens simples, Monsieur Hofbauer, qu'est-ce qu'ils viendraient chercher chez nous ?

LE PREMIER

Il y a quelque chose qu'ils cherchent partout. Des anecdotes sur la jeunesse de Madame Zahanassian. Des cigarettes.

Des vertes ?

LE PREMIER

Des Camel. Et un cachet d'aspirine. J'ai fait la bombe toute la nuit chez les Stocker.

MADAME ILL

Je les inscris ?

LE PREMIER

Inscrivez.

> *Madame Ill lui tend un verre d'eau et un cachet. Il boit en contemplant le portrait. Le deuxième entre, bien vêtu lui aussi, comme tout le monde à présent.*

LE DEUXIÈME

Voilà les journalistes qui bavardent avec le pasteur.

LE PREMIER

Celui-là ne lâchera rien. Il a toujours eu du cœur pour nous autres pauvres diables. Un bon portrait de votre mari, Madame Ill. A propos, où est-il ? Pas vu depuis longtemps.

MADAME ILL

En haut.

> *Le premier allume une cigarette. Ils tendent tous l'oreille vers le haut.*

LE PREMIER

Des pas.

MADAME ILL

Il tourne en rond dans sa chambre, depuis des jours. Il a l'air tout bouleversé ; je ne sais pas ce qui lui arrive.

LE PREMIER

Mauvaise conscience.

LE DEUXIÈME

Il s'est rudement mal conduit avec la pauvre Madame Zahanassian.

MADAME ILL

J'en souffre aussi, Monsieur Helmesberger.

LE PEINTRE

Avec ça, il voulait émigrer. En Australie !

LE DEUXIÈME

Comme si on était de francs assassins.

LE PREMIER

Madame Ill, j'espère que votre mari n'ira pas bavarder, quand les journalistes viendront.

MADAME ILL

Mais non.

LE DEUXIÈME

Avec son caractère ! Précipiter une fille dans le ruisseau ? Fi !

MADAME ILL

C'est dur pour moi, Monsieur Helmesberger.

LE PREMIER

S'il allait compromettre Clara en colportant des mensonges ? S'il racontait par exemple qu'elle a offert quelque chose pour sa mort ? D'ailleurs elle est bien excusable après le calvaire qu'elle a enduré. S'il parlait, on serait obligé d'intervenir.

LE DEUXIÈME

Ce n'est pas pour les cent milliards, Madame Ill, mais à cause de la colère du peuple. Dieu sait ce que cette pauvre Madame Zahanassian a déjà souffert par sa faute.

LE PREMIER

C'est par là qu'on monte à l'appartement ?

Il s'oriente.

MADAME ILL

Le seul accès. Pas pratique ; mais nous ferons des transformations au printemps.

LE PREMIER

Je vais me planter là.

Le premier homme va se poster à l'extrême-droite, les bras croisés, immobile comme une sentinelle. Entre le proviseur.

LE PROVISEUR

Bonjour.

LES AUTRES

Bonjour.

LE PROVISEUR

C'est assez peu mon genre, mais j'ai besoin d'une boisson fortement alcoolisée.

LE DEUXIÈME, *en regardant par la vitrine.*

Les voilà qui cuisinent le docteur.

MADAME ILL

J'ai un nouveau kirsch.

LE PROVISEUR

Un petit verre.

Madame Ill verse à boire. Le proviseur boit.

MADAME ILL

Mais vous tremblez, Monsieur le proviseur ?

LE PROVISEUR

Je bois trop depuis quelque temps. Je viens de faire de copieuses libations à l'Apôtre Doré. Encore un. *(Il tend l'oreille.)* Votre mari ?

LE DEUXIÈME

Dieu le punira.

> *Le troisième arrive par la gauche.*

LE TROISIÈME

La presse !

LE PREMIER

Je m'en doutais.

LE DEUXIÈME

Il faut la boucler. Question de vie ou de mort ! Attention ! Qu'il ne descende pas.

LE PREMIER

Je le retiendrai.

LE PROVISEUR

Les pas, toujours les pas !

> *Les gens de Güllen se rangent à droite. Le proviseur continue à se verser à boire. Deux reporters arrivent avec leurs appareils de photo.*

REPORTER I

Bonsoir, bonnes gens.

Bonsoir.

REPORTER I

Question N° 1 : D'une façon générale, quel est votre état d'esprit ?

LE PREMIER, *embarrassé*.

Nous sommes naturellement très heureux de la visite de Madame Zahanassian.

LE PEINTRE

Émus.

LE DEUXIÈME

Fiers.

REPORTER I, *prenant note*.

Fiers.

REPORTER II

Deuxième question, à la dame qui est derrière le comptoir : on a prétendu que vous aviez été la rivale de Madame Zahanassian ?

> *Silence. Les gens de Güllen sont visiblement effrayés.*

MADAME ILL

Qui le prétend ?

> *Silence. Les deux reporters indifférents écrivent dans leur carnet.*

REPORTER I

Ses deux petits bonshommes aveugles.

MADAME ILL

Qu'est-ce qu'ils ont raconté ?

Tout.

LE PEINTRE

Malédiction !

REPORTER II

Il paraît que Claire Zahanassian et le propriétaire de ce magasin ont failli se marier il y a plus de quarante ans. C'est exact ?

MADAME ILL, *après un temps.*

C'est exact.

REPORTER II

Est-ce que Monsieur Ill est là ?

MADAME ILL

Il est à Kalberstadt.

LES GENS DE GULLEN

A Kalberstadt.

REPORTER I

Pas difficile d'imaginer la romance ! Monsieur Ill et Claire Zahanassian grandissent ensemble — ils sont peut-être enfants de voisins — ils vont ensemble à l'école. Des promenades dans la forêt, les premiers baisers, un amour fraternel, jusqu'au jour où Monsieur Ill fait votre connaissance, ma brave dame. Alors, c'est un sentiment nouveau, inhabituel : c'est la passion.

MADAME ILL

La passion. Tout s'est passé exactement comme vous le racontez.

REPORTER I

Fine mouche, Madame Ill ! Claire Zahanassian comprend

111

et renonce avec la sérénité et la noblesse qu'on lui connaît
— et vous vous mariez.

MADAME ILL

Un mariage d'amour.

LES GENS DE GULLEN, *soulagés*.

D'amour.

REPORTER I, *notant*.

D'amour.

> *Roby arrive de la droite avec les deux eunuques*
> *qu'il mène par l'oreille.*

LES DEUX BONSHOMMES

Nous ne raconterons plus rien, nous ne raconterons
plus rien.

> *Roby les emmène vers le fond où Toby les*
> *attend avec son fouet.*

REPORTER II

Madame Ill, est-ce que votre mari ne regrette pas de
temps en temps ?... Je veux dire qu'il serait somme toute
humain qu'il lui arrive de temps en temps d'avoir des
regrets.

MADAME ILL

L'argent ne fait pas le bonheur.

REPORTER II, *prenant note*.

L'argent ne fait pas le bonheur.

REPORTER I

C'est une vérité qu'on ne se répète pas assez de nos
jours.

> *Le fils et la fille entrent, lui en blouson de*
> *daim, elle en robe de tennis.*

Notre fils et notre fille.

REPORTER I

Deux splendides enfants de Güllen.

REPORTER II

Sont-ils au courant des relations ?...

MADAME ILL

Nous n'avons pas de secrets dans notre famille. Nous disons toujours que ce que Dieu sait, les enfants doivent le savoir.

REPORTER II, *prenant note.*

Les enfants savent.

> *Le proviseur se redresse subitement.*

LE PROVISEUR

Mes amis de Güllen ! Je suis votre vieux professeur. J'ai bu mon kirsch en paix, sans me mêler à la conversation. Mais à présent, je veux faire un discours : je veux raconter la visite de la vieille dame à Güllen.

> *Il grimpe sur le tonneau qui est resté là depuis la scène dans la grange à Colas.*

LE PREMIER

T'es pas fou ?

LE DEUXIÈME

Taisez-vous.

LE PROVISEUR

Habitants de Güllen, je veux proclamer la vérité. Et tant pis si notre misère dure éternellement.

MADAME ILL

Vous êtes ivre, Monsieur le proviseur. Vous devriez avoir honte.

LE PROVISEUR

Honte ? C'est toi qui devrais avoir honte, femme ! car tu t'apprêtes à trahir ton mari.

LE FILS

Ta gueule !

LE PREMIER

Descendez-le !

LE DEUXIÈME

Sortez-le !

LE PROVISEUR

Nous avons glissé loin sur la pente fatale.

LA FILLE, *implorant.*

Monsieur le proviseur !

LE PROVISEUR

Fillette, tu me fends le cœur ! Ce serait à toi de crier la vérité ; pas au vieux professeur qui va la rugir d'une voix de stentor.

LE PEINTRE

Tu veux que je continue à crever de faim, salaud ? Tiens !

> *Il lui donne un coup sur la tête avec la toile qui, défoncée, reste accrochée au cou du proviseur.*

LE PROVISEUR

Je proteste à la face du monde ! Des choses monstrueuses se préparent à Güllen.

> *On se rue sur le proviseur. Ill apparaît alors à droite. Il est le seul à porter encore son costume élimé.*

ILL

Qu'est-ce qui se passe dans mon magasin ?

> *Les gens de Güllen s'écartent du proviseur et jettent des regards effrayés sur Ill. Lourd silence.*

ILL

Qu'est-ce que vous faites sur ce tonneau, Monsieur le proviseur ?

LE PROVISEUR, *il regarde Ill, rayonnant et soulagé.*

La vérité, Ill, je dis la vérité à ces messieurs de la presse ; car je suis humaniste, ami des anciens Grecs et admirateur de Platon. Tel un archange, je proclame la vérité d'une voix tonnante.

> *Il chancelle.*

ILL

Taisez-vous.

LE PROVISEUR

Hé ?

ILL

Descendez.

LE PROVISEUR

Mais l'humanisme ?

ILL

Asseyez-vous.

LE PROVISEUR, *un peu dégrisé.*

M'asseoir ? On prie l'humanisme de s'asseoir ? Comme

vous voudrez. Du moment que vous trahissez aussi la vérité.

Il descend du tonneau, le tableau toujours autour du cou comme un carcan.

ILL, *aux reporters.*

Excusez-le, il est soûl. Il dit des âneries.

REPORTER I

Je comprends : politique locale.

REPORTER II

Monsieur Ill ?

ILL

Qu'est-ce que vous me voulez ?

REPORTER I

Heureux de vous trouver tout de même. Nous aurions besoin de quelques clichés. Est-ce qu'on peut vous prier ?... *(Il regarde autour de lui.)* Des boîtes de conserve, des ustensiles de ménage, des outils... J'y suis ! On va vous prendre en train de vendre une hache.

ILL, *hésitant.*

Une hache ?

REPORTER I

Au boucher. Il n'y a que le naturel qui frappe. Passez-moi cet engin de mort. Votre client prend la hache, il la soupèse en se donnant l'air de réfléchir ; vous vous penchez au-dessus du comptoir et vous lui parlez. S'il vous plaît ? *(Il dispose le tableau.)* Plus de naturel, Messieurs, soyez plus à l'aise.

Les reporters photographient.

REPORTER I

Beau, très beau.

Puis-je vous demander maintenant de passer votre bras sur l'épaule de votre épouse. Le fils à gauche, la fille à droite. Attention, s'il vous plaît ! Un sourire de bonheur, souriez, rayonnez... Rayonnez de contentement et de joie intérieure.

REPORTER I

Le rayonnement était splendidement réussi.

> *Quelques photographes traversent la scène.*
> *L'un d'eux crie dans le magasin en passant.*

UN PHOTOGRAPHE

La Zahanassian a un nouveau mari. Ils se promènent dans la forêt de l'Ermitage.

REPORTER II

Un nouveau !

REPORTER I

Ça me fera la couverture de *Life*.

> *Les deux reporters sortent du magasin en*
> *courant. Le premier homme tient toujours la*
> *hache à la main.*

LE PREMIER, *soulagé.*

On a eu de la veine.

LE DEUXIÈME, *en sortant, à Ill.*

Intelligent de ta part, extrêmement intelligent de ne pas dire des bêtises.

LE PEINTRE, *en sortant, à Ill.*

Personne ne croirait le premier mot sortant de la bouche d'une crapule comme toi.

On va nous voir dans les illustrés.

ILL

Sûrement.

LE PREMIER

Nous serons célèbres.

ILL

Dans un certain sens.

LE PREMIER

Un Partagas.

ILL

A votre service.

LE PREMIER

Vous l'inscrivez ?

ILL

Bien entendu.

LE PREMIER

Franchement : pour avoir traité Clara comme ça, faut être une rude canaille.

> *Il veut s'en aller.*

ILL

Hofbauer, la hache ?

> *Le premier homme hésite et lui rend la hache.*
> *Puis il sort.*

ILL, *regardant autour de lui, comme s'il rêvait.*

Tout est neuf. C'est propre chez nous maintenant, appétissant ; moderne ! J'ai toujours rêvé d'un magasin comme ça. *(Il prend la raquette des mains de sa fille.)* Tu joues au tennis ?

LA FILLE

J'ai pris quelques leçons.

ILL

Le matin de bonne heure ? Au lieu d'aller au bureau de placement ?

LA FILLE

Toutes mes amies jouent au tennis.

ILL

De la fenêtre, je t'ai vu dans une auto, Karl.

LE FILS

Ce n'est qu'une Opel. Elles ne sont pas si chères.

ILL

Quand as-tu appris à conduire ? Au lieu d'aller trimer sur la voie en plein soleil ?

LE FILS

Oui, des fois.

> *Le fils embarrassé emporte le tonneau sur lequel le proviseur était assis.*

ILL

En cherchant mon costume du dimanche, j'ai trouvé un manteau de fourrure dans le placard.

MADAME ILL

Je l'ai pris à condition. *(Silence.)* Tout le monde fait des dettes, Fredy. Tu es le seul à t'inquiéter. Ta peur est tout simplement ridicule. C'est clair que l'affaire s'arrangera gentiment, sans qu'on touche à un seul de tes

cheveux. Clara n'ira pas jusqu'au bout ; je la connais, elle
a trop bon cœur.

LA FILLE

Bien sûr, papa.

LE FILS

Tu devrais comprendre.

ILL, après un silence.

C'est samedi ; j'aimerais rouler dans ta voiture, Karl,
juste une fois. Dans NOTRE voiture.

LE FILS, incertain.

Ça te ferait plaisir ?

ILL, à sa femme.

Fais-toi belle, nous allons faire un tour ensemble.

MADAME ILL

Je viens aussi ? Ce n'est pas le moment.

ILL

Pourquoi pas ? Mets ton manteau de fourrure, ce sera
l'occasion de l'étrenner. Je fais la caisse en vous attendant.
*Madame Ill et sa fille sortent par la droite, le
fils par la gauche. Ill s'affaire à sa caisse.*

LE PROVISEUR

Faut m'excuser. J'ai goûté à votre kirsch : deux ou trois
petits verres.

ILL

Ça va.

LE PROVISEUR

Je voulais vous aider. Mais ils m'ont frappé. Et vous,

120

vous avez refusé mon aide. *(Il se dégage de la toile.)* Ill, Ill ! Il fallait vous enfuir, l'autre jour à la gare. Nous vous aurions laissé filer : nous étions pas encore mûrs pour agir. Mais maintenant ? Ces cent milliards honteux nous brûlent le cœur. La fuite n'est plus possible, il vous faut lutter. Reprenez-vous. Alertez la presse, vous n'avez plus de temps à perdre.

ILL

J'abandonne.

LE PROVISEUR, stupéfait.

Mais dites donc : la peur vous a fait perdre la tête ?

ILL

J'ai compris : je n'ai plus aucun droit.

LE PROVISEUR

Aucun droit ? Vis-à-vis de cette maudite vieille, de cette caricature indécente de la justice, de cette archi-putain qui change de maris devant nous comme de chemise et qui est en train de s'emparer de nos âmes l'une après l'autre ?

ILL

C'est tout de même ma faute.

LE PROVISEUR

Votre faute ?

ILL

J'ai fait de Clara ce qu'elle est, et de moi ce que je suis : un petit épicier qui triche sur la marchandise. Que voulez-vous que je fasse, Monsieur le proviseur ? Jouer l'innocent ? Tout est ma faute : les eunuques, le valet de chambre, le cercueil et les milliards. Je ne peux plus rien faire pour moi, ni pour vous. *(Il regarde le portrait abîmé.)* Mon portrait ?

LE PROVISEUR

Votre femme voulait l'accrocher dans votre chambre à coucher au-dessus du lit.

ILL

Kühn en repeindra un autre.

> *Il pose le tableau sur le comptoir. Le proviseur se lève avec peine en chancelant.*

LE PROVISEUR

Je suis lucide. Tout d'un coup. *(Il s'avance vers Ill en titubant.)* Vous avez raison. Pleinement. Tout est de votre faute. Et maintenant je vais vous dire quelque chose, Alfred Ill, quelque chose de fondamental. *(Il se tient droit devant Ill, à peine encore un peu chancelant.)* On vous tuera. Je le sais depuis le début ; vous aussi, vous le savez depuis longtemps ; même si personne d'autre à Güllen ne veut se l'avouer. La tentation est trop forte et notre misère trop amère. Mais j'en sais encore davantage : je serai complice. Je sens que je me transforme lentement en assassin. J'ai beau croire en l'homme, ma foi est impuissante. C'est parce que j'en suis conscient, que je me suis mis à boire. J'ai peur, Ill, comme vous avez eu peur. *(Silence.)* Encore une bouteille de kirsch.

> *Ill pose une bouteille devant lui. Le proviseur hésite un moment, puis il la prend.*

LE PROVISEUR

Inscrivez-la.

> *Il sort lentement.*
> *Ill s'affaire à sa caisse. Le maire arrive de la gauche, un fusil à la main.*

LE MAIRE

Bonsoir, Ill. Ne vous dérangez pas. Je jetais un coup d'œil en passant.

Je vous en prie.

LE MAIRE

J'apporte un fusil.

ILL

Merci.

LE MAIRE

Il est chargé.

ILL

Je n'en ai pas besoin.

Le maire appuie le fusil contre le comptoir.

LE MAIRE

Tous les hommes de la commune se réunissent ce soir à l'Apôtre Doré, dans la salle des fêtes.

ILL

Je viendrai.

LE MAIRE

Tout le monde viendra. Nous examinerons votre cas. On nous force la main.

ILL

C'est bien mon avis.

LE MAIRE

L'offre de Madame Zahanassian sera refusée.

ILL

Possible.

LE MAIRE

Mais on ne sait jamais. Je peux me tromper.

ILL

Bien sûr !

LE MAIRE

Dans ce cas improbable, vous soumettrez-vous à la sentence, Ill ? Parce que toute la presse sera là.

ILL

La presse ?

LE MAIRE

Avec la radio, la télévision, les actualités. La situation est délicate, pas seulement pour vous, mais aussi pour nous, croyez-moi. Madame Zahanassian est née dans nos murs et son dernier mariage a eu lieu dans notre Collégiale : cela nous a donné une telle notoriété, qu'on fait un reportage sur nos vieilles institutions démocratiques.

ILL, *en s'affairant à sa caisse.*

Vous allez rendre publique l'offre de la dame ?

LE MAIRE

Pas directement. Les initiés seront seuls à comprendre le sens exact de la délibération.

ILL

C'est-à-dire que la presse ignorera que ma vie est en jeu ?

LE MAIRE

J'ai laissé entendre aux journalistes que Madame Zahanassian ferait « peut-être » une donation et que ce serait grâce à vous, Ill, en tant qu'ami de jeunesse. Cette vieille amitié est connue maintenant. Comme cela, vous êtes blanchi aux yeux de l'opinion, quoi qu'il arrive.

ILL

C'est gentil de votre part.

LE MAIRE

Franchement : je ne l'ai pas fait pour vous, mais pour les vôtres, qui sont de braves et honnêtes gens.

ILL

Je saisis.

LE MAIRE

Avouez que nous jouons franc jeu. Vous vous êtes tu jusqu'à présent, c'est bien. Mais continuerez-vous à vous taire ? Si vous voulez parler, nous serons obligés de tout faire sans réunir l'assemblée.

ILL

Je comprend.

LE MAIRE

Alors ?

ILL

Enfin une menace directe.

LE MAIRE

Je ne vous menace pas, Ill ; c'est vous qui nous menacez. Si vous parlez, vous nous forcez à agir. Les premiers !

ILL

Je me tairai.

LE MAIRE

Quelle que soit la décision de l'assemblée ?

Je l'accepterai.

LE MAIRE

C'est bien, Ill. Je suis heureux que vous vous soumettiez au jugement de vos concitoyens. Il vous reste une lueur du sentiment de l'honneur. — Mais est-ce vraiment bien utile de réunir ce tribunal ?

ILL

Que voulez-vous dire ?

LE MAIRE

Tout à l'heure, vous prétendiez n'avoir pas besoin de ce fusil ; il pourrait tout de même servir. *(Silence.)* On dirait à la dame que nous vous avons condamné et nous toucherions aussi l'argent. Croyez bien que cette suggestion m'a coûté plusieurs nuits d'insomnie. Mais finalement : ce serait votre devoir, de subir en homme d'honneur les conséquences de vos actes et de mettre un terme à votre vie. Vous ne trouvez pas ? Au nom de la collectivité, par amour pour votre patrie ? Vous connaissez notre misère, notre dénuement, vous savez que nos enfants meurent de faim...

ILL

Tout va plutôt bien pour vous, maintenant.

LE MAIRE

Ill !

ILL

Monsieur le maire ! J'ai souffert atrocement. Je vous ai tous vus faire des dettes. A chaque signe de votre bien-être, je sentais la mort ramper un peu plus près. Si vous m'aviez épargné cette angoisse, cette peur horrible, tout se serait passé autrement, nous pourrions causer autrement. Je prendrais votre fusil, pour l'amour de vous tous. Mais je me suis renfermé en moi-même et j'ai vaincu ma peur tout seul. Cela a été dur, mais c'est fait. On ne peut plus revenir en arrière : l'heure est venue, vous DEVEZ être mes juges. Je me soumettrai à votre jugement quel qu'il soit. Pour moi, ce sera la justice ; ce que ce sera pour vous, je l'ignore. Dieu fasse que vous n'en ayez jamais de remords. Vous pouvez me tuer ; je ne me plains pas, je ne proteste pas, je ne me défends pas. Mais je ne peux pas vous décharger de votre acte.

LE MAIRE, *prenant le fusil.*

Dommage ! Vous manquez la chance de vous blanchir et de laisser le souvenir d'un homme à peu près honorable. C'était peut-être trop vous demander.

ILL

Feu, Monsieur le maire ?

> *Il lui allume sa cigarette. Le maire sort.*
> *Madame Ill rentre en manteau de fourrure, sa*
> *fille en robe rouge.*

ILL

Tu as l'air très distingué, Mathilde.

MADAME ILL

Astrakan.

ILL

Une vraie dame.

MADAME ILL

Un peu cher.

ILL

Ottilie, ta robe est très jolie, mais un peu osée, tu ne trouves pas ?

LA FILLE

Oh ! papa, si tu voyais ma robe du soir !

> *Le magasin disparaît. Le fils s'avance au volant d'une voiture.*

ILL

Belle voiture ! Toute ma vie, je me suis crevé pour atteindre une certaine aisance, un peu de confort, en m'offrant par exemple une auto comme ça. Au point où nous en sommes, j'aimerais bien, au moins, savoir comment on se sent là-dedans. Mathilde, monte derrière avec moi, Ottilie s'assoira devant avec Karl.

> *Ils montent en voiture.*

LE FILS

Je peux faire du cent vingt.

ILL

Pas si vite ! J'aimerais jouir tranquillement du spectacle de la ville et de la contrée où j'ai vécu près de soixante-dix ans. Jolies, nos petites rues ! On a déjà beaucoup restauré. J'aime voir les fumées grises qui montent des cheminées, les géraniums aux fenêtres, les tournesols et les roses dans les jardins de la porte de Goethe. Partout des enfants qui rient, des amoureux qui s'embrassent ! Tiens ? Une maison moderne en construction à la place Brahms !

MADAME ILL

Le nouveau propriétaire du café Hodel fait bâtir.

LA FILLE

Le docteur avec sa Mercedes 300.

ILL

La plaine avec la colline au fond, toute dorée aujourd'hui ! C'est magnifique, ces ombres où nous plongeons

— et puis c'est de nouveau la pleine lumière! Regardez les grues des usines Wagner et les cheminées des laminoirs Bockmann à l'horizon : on dirait des géants.

LE FILS

On va les remettre en activité.

ILL

Quoi ?

LE FILS, *plus haut.*

On va les remettre en activité.

Il klaxonne.

MADAME ILL

Drôle de véhicule!

LE FILS

Un scooter Messerchmitt. Le moindre apprenti se croit obligé de s'en offrir un.

LA FILLE

It's awful !

MADAME ILL

Ottilie suit un cours de perfectionnement en anglais.

ILL

Utile. Les Forges de la Place-au-soleil. Il y avait longtemps que je n'étais pas sorti de ce côté.

LE FILS

On va les agrandir.

ILL

Il faut parler plus fort à cette vitesse.

On va les agrandir. — Stocker, naturellement ! Il gratte tout le monde avec sa Buick.

LA FILLE

Nouveau riche !

ILL

A présent, traverse la dépression de Pückenried, par le marais et l'allée de peupliers, en contournant le pavillon de chasse du prince électeur. Des cumulus dans le ciel : on se croirait en été. Quel beau pays, dans la lumière du soir ! Je le découvre comme si je le voyais pour la première fois.

LA FILLE

Une ambiance à la Lamartine !

ILL

A la La... quoi ?

MADAME ILL

A la Lamartine. Ottilie suit aussi un cours de littérature.

ILL

Très distingué.

LE FILS

Hofbauer dans sa Volkswagen. Il revient de Kaffigen.

LA FILLE

Avec ses gorets.

MADAME ILL

Karl est très sûr au volant, il a coupé le virage avec beaucoup de chic. Il n'y a pas à avoir peur.

LE FILS

En première : ça grimpe !

ILL

J'arrivais toujours à bout de souffle, quand je faisais cette montée à pied.

MADAME ILL

Bien contente d'avoir mis mon manteau de fourrure : il commence à faire frais.

ILL

Tu t'es trompé de chemin. Par ici, on va à Beisenbach. Il faut faire marche arrière et prendre à gauche par la forêt de l'Ermitage.

> *La voiture roule vers le fond. Les autres hommes reviennent avec le banc. Ils sont en frac et figurent des arbres.*

LE PREMIER

Nous sommes encore une fois des sapins, des hêtres...

LE DEUXIÈME

Des pivers et des coucous, des chevreuils effarouchés.

LE TROISIÈME

Nous recréons l'ambiance de l'Age d'or qu'ont si souvent chantée les poètes...

LE QUATRIÈME

Juste dérangée par les klaxons.

> *Le fils klaxonne.*

LE FILS

Encore un chevreuil ! Les bêtes occupent la route aujourd'hui.

> *Le troisième homme fait un bond et disparaît.*

LA FILLE

Confiantes : on ne les braconne plus.

ILL

Arrête-toi sous cet arbre.

LE FILS

Volontiers.

MADAME ILL

Pourquoi ?

ILL

J'aimerais faire quelques pas dans la forêt. *(Il descend de voiture.)* C'est beau, d'entendre d'ici les cloches de Güllen. L'heure du repos.

LE FILS

Avec quatre cloches, ça sonne bien maintenant.

ILL

Tout est jaune, l'automne est bien là. Les feuilles mortes par terre ressemblent à des tas d'or.

LE FILS

Nous allons t'attendre en bas, près du pont.

ILL

Pas nécessaire. Je rentrerai en ville en traversant la forêt. Pour l'assemblée.

MADAME ILL

Alors, Fredy, nous pousserons jusqu'à Kalberstadt et nous irons au cinéma.

LE FILS

Salut, papa.

So long, daddy.

A tout à l'heure.

> *La voiture disparaît avec la famille en faisant marche arrière. Ils font des signes. Ill les regarde partir. Puis il s'assied sur le banc qui est à gauche.*
> *Murmure du vent. Roby et Toby arrivent de la droite avec la chaise à porteurs où se trouve Claire Zahanassian en robe de tous les jours. Roby porte une guitare sur le dos. A côté, le mari N° 9, prix Nobel, grand, svelte, les cheveux et la moustache poivre et sel — il peut être joué par le même acteur. Le valet de chambre vient par derrière.*

CLAIRE ZAHANASSIAN

La forêt de l'Ermitage. Roby et Toby, arrêtez !

> *Elle descend de la chaise à porteurs, lorgne la forêt et vient caresser le dos du premier.*

CLAIRE ZAHANASSIAN

Rongé par les parasites ! L'arbre mourra. *(Elle avise Ill.)* Alfred ! quelle joie de te rencontrer. Je visite ma forêt.

ILL

La forêt de l'Ermitage t'appartient aussi ?

CLAIRE ZAHANASSIAN

Aussi. Puis-je m'asseoir à côté de toi ?

ILL

Je t'en prie. Je viens de quitter ma famille. Ils vont au cinéma. Karl s'est acheté une voiture.

CLAIRE ZAHANASSIAN, *en s'asseyant à côté d'Ill, à droite.*

Progrès.

ILL

Ottilie suit un cours de littérature. Elle prend aussi des leçons d'anglais.

CLAIRE ZAHANASSIAN

Tu vois : le sens de l'idéal a fini par leur venir. Approche, Voby. Viens dire bonjour. Mon neuvième mari, prix Nobel.

ILL

Enchanté.

CLAIRE ZAHANASSIAN

Tu sais : il est surtout remarquable quand il ne pense pas. Essaie de ne pas penser, Voby.

LE MARI IX

Mais, mon petit trésor...

CLAIRE ZAHANASSIAN

Pas de chichis.

LE MARI IX

Bon.

Il ne pense pas.

CLAIRE ZAHANASSIAN

Regarde : comme cela il a l'air d'un diplomate. Il me rappelle le N° 3, le ministre des Affaires étrangères. Sauf que l'autre n'écrivait pas de livre. Voby, lui, compte se retirer du monde, rédiger ses mémoires et administrer ma fortune.

ILL

Félicitations.

CLAIRE ZAHANASSIAN

A moi, ce projet ne me dit rien de bon. Les hommes, c'est décoratif, sans plus. Va explorer, Voby ; tu trouveras la ruine historique sur ta gauche.

> *Le mari N° 9 part en exploration. Ill regarde autour de lui.*

ILL

Les eunuques ?

CLAIRE ZAHANASSIAN

Ils se sont mis à bavarder. Je les ai expédiés à Hong-kong dans un de mes bouges. Ils auront de l'opium à fumer et de quoi rêver. Boby, un Roméo et Juliette !

> *Le valet de chambre arrive du fond pour lui tendre un étui à cigares.*

CLAIRE ZAHANASSIAN

En veux-tu aussi un, Alfred ?

ILL

Volontiers.

CLAIRE ZAHANASSIAN

Sers-toi. Donne-nous du feu, Boby.

> *Ils fument.*

ILL

Ça sent bon.

CLAIRE ZAHANASSIAN

Nous avons souvent fumé ensemble dans cette forêt, tu t'en souviens ? Des cigarettes que tu avais achetées chez Mathilde. Ou volées !

> *Le premier homme tape sur sa pipe avec sa clef.*

CLAIRE ZAHANASSIAN

Toujours le pic !

LE QUATRIÈME

Coucou, coucou !

CLAIRE ZAHANASSIAN

Cela te plairait, que Roby te joue quelque chose à la guitare ?

ILL

Je veux bien.

CLAIRE ZAHANASSIAN

Il est très doué, mon assassin ; je l'utilise pour mes moments de méditation. Je déteste le pick-up et la radio.

ILL

Qu'il me joue « Le bataillon d'Afrique marche dans la vallée ! »

CLAIRE ZAHANASSIAN

Ton chant favori ? Je le lui ai appris.

> *Silence. Ils fument. Coucou etc. Murmures de la forêt. Roby joue la ballade.*

ILL

Tu as eu... Je veux dire : nous avons eu un enfant ?

CLAIRE ZAHANASSIAN

Oui.

ILL

Garçon ou fille ?

CLAIRE ZAHANASSIAN

Fille.

Comment l'as-tu appelée ?

CLAIRE ZAHANASSIAN

Geneviève.

ILL

Joli nom.

CLAIRE ZAHANASSIAN

Je n'ai vu cette petite chose qu'une fois, à sa naissance. Après quoi on me l'a prise : l'Assistance chrétienne.

ILL

Les yeux ?

CLAIRE ZAHANASSIAN

Pas encore ouverts.

ILL

Les cheveux ?

CLAIRE ZAHANASSIAN

Noirs, je crois ; mais c'est fréquent chez les nouveau-nés.

ILL

C'est vrai.

Silence. Ils fument. Musique à la guitare.

ILL

Où est-elle morte ?

CLAIRE ZAHANASSIAN

Chez des gens.

137

De quoi ?

CLAIRE ZAHANASSIAN

Méningite. J'ai reçu un avis des autorités.

ILL

On peut leur faire confiance, en cas de décès.

Silence.

CLAIRE ZAHANASSIAN

Je t'ai parlé de notre fillette ; maintenant, parle-moi de moi.

ILL

De toi ?

CLAIRE ZAHANASSIAN

Dis-moi comment j'étais quand j'avais dix-sept ans et que tu m'aimais.

ILL

Un jour, j'ai dû te chercher longtemps dans la grange à Colas. J'ai fini par te trouver dans la calèche, tout juste en chemise, avec une longue paille entre les dents.

CLAIRE ZAHANASSIAN

Tu étais fort et courageux. Tu t'es battu avec le gars du chemin de fer qui me courait après. Je t'ai essuyé le sang sur le visage avec mon jupon rouge.

La guitare se tait.

CLAIRE ZAHANASSIAN

La ballade est finie.

ILL

Qu'il me joue encore : « Ô patrie douce et noble ! »

138

Il la sait aussi.

La guitare rejoue.

ILL

Je te remercie pour les couronnes, les chrysanthèmes et les roses. Elles font bel effet sur le cercueil à l'Apôtre Doré. Très distingué. Il y en a déjà deux salles pleines. Nous y voilà. Nous sommes assis pour la dernière fois dans notre vieille forêt pleine des appels du coucou et du bruissement du vent. La commune se rassemble ce soir. On va me condamner à mort et quelqu'un me tuera. J'ignore qui ce sera et où cela se passera. Je sais seulement que j'arrive au bout d'une existence vide.

CLAIRE ZAHANASSIAN

Je te ferai transporter dans ton cercueil jusqu'à Capri. J'ai fait ériger un mausolée dans le parc de mon palais, parmi les cyprès, avec vue sur la Méditerranée.

ILL

Je ne connais ça que d'après les cartes postales.

CLAIRE ZAHANASSIAN

Panorama grandiose. Bleu intense. Tu resteras là près de moi. Ton amour est mort il y a longtemps, le mien n'a jamais pu mourir. Il est devenu quelque chose de maléfique comme les pâles champignons et les étranges visages aveugles que forment les racines de cette forêt. Mon or a tout envahi, mes milliards te saisiront aussi avec leurs tentacules, pour chercher ta vie, parce qu'elle m'appartient pour l'éternité. Tu es pris, tu es perdu. Il ne restera bientôt plus qu'un amant mort dans mon souvenir — un tendre fantôme dans une maison en ruines.

Le mari N° 9 revient.

Le prix Nobel. Comment as-tu trouvé la ruine, Voby ?

Début de l'ère chrétienne. Dévastée par les Huns.

CLAIRE ZAHANASSIAN

Dommage ! Ton bras ! Roby et Toby, la chaise !

Elle monte dans la chaise à porteurs.

Adieu, Alfred.

ILL

Adieu, Clara.

On emporte la chaise par le fond. Ill reste assis sur le banc. La forêt disparaît. Des cintres descend l'encadrement d'une scène de théâtre avec les rideaux et draperies d'usage. Sur le fronton est inscrit : « La vie est triste, l'art est gai. »

Du fond arrive l'adjudant de gendarmerie dans un uniforme rutilant ; il s'assied à côté d'Ill. Un speaker de la radio vient parler au micro pendant que les hommes de Güllen se rassemblent sur le plateau, tous en frac. Il y a des photographes, des journalistes, des caméras partout.

LE SPEAKER

Mesdames et Messieurs ! Après notre reportage à la maison natale et notre entretien chez le pasteur, nous allons assister à une manifestation qui intéresse l'ensemble de la commune. Nous arrivons au point culminant de la visite que Madame Claire Zahanassian fait à sa petite ville si sympathique et si agréable. Il est vrai que cette célèbre dame n'est pas présente, mais le maire nous fera en son nom une déclaration importante. Nous nous trouvons dans la salle des fêtes de l'Apôtre Doré, cet hôtel où Goethe a passé une nuit. Les hommes de la ville se rassemblent sur la scène qui d'habitude sert aux réunions des sociétés locales, ainsi qu'aux représentations de gala de la Comédie de Kalberstadt. Le maire vient de nous apprendre que c'est une vieille coutume. Les femmes occupent la salle — c'est aussi une tradition. L'ambiance est solennelle, la tension extraordinaire. Les actualités se sont déplacées, avec mes collègues de la télévision et des reporters de toutes les parties du monde. Et maintenant, le maire commence son discours.

> *Le speaker s'approche du maire avec son micro. Les hommes de Güllen sont en demi-cercle autour de lui.*

LE MAIRE

Je souhaite la bienvenue à la commune de Güllen et j'ouvre la séance. Une seule question à l'ordre du jour. J'ai l'honneur et le privilège de vous faire savoir que Madame Claire Zahanassian, fille d'un de nos notables concitoyens : l'architecte Gottfried Wäscher, a l'intention de nous offrir cent milliards. *(Un murmure court parmi la presse.)* Cinquante milliards pour l'ensemble de la ville et cinquante à se répartir entre tous les citoyens.

LE SPEAKER, *à voix étouffée.*

Chères auditrices, chers auditeurs ! C'est énorme et sensationnel. Cette donation fait d'emblée de tous les habitants de cette ville des gens fortunés. Ce fait constitue une des plus grandes expériences sociales de notre époque. L'assemblée tout entière semble avoir perdu la respiration. Silence de mort. Le saisissement se lit sur tous les visages.

LE MAIRE

Je donne la parole au proviseur du collège classique.

> *Le speaker s'approche du proviseur avec son micro.*

LE PROVISEUR

Habitants de Güllen ! Nous devons tous avoir clairement

à l'esprit que Madame Zahanassian, en nous faisant ce présent, veut quelque chose de bien défini. Quelle est son intention précise ? Veut-elle faire notre bonheur en nous couvrant d'or, en renflouant les usines Wagner, les laminoirs Bockmann et les Forges de la Place-au-soleil ? Vous savez qu'il ne s'agit pas de cela. Madame Claire Zahanassian vise plus haut. Elle veut la justice pour ses cent milliards, la justice ! Elle veut que notre commune tout entière se transforme en une société plus juste. Cette exigence nous stupéfie. Est-ce que nous n'avons donc pas toujours vécu selon la jutice ?

LE PREMIER HOMME

Jamais !

LE DEUXIÈME

Nous avons toléré un crime.

LE TROISIÈME

Une erreur judiciaire.

LE QUATRIÈME

Un parjure.

UNE VOIX DE FEMME

Une canaille.

D'AUTRES VOIX

Très juste !

LE PROVISEUR

Habitants de Güllen ! Nous constatons avec amertume cet état de fait : nous avons toléré l'injustice. Je ne sous-estime pas les misères et les maux qu'entraîne la pauvreté et je reconnais pleinement les possibilités matérielles que nous offrent ces cent milliards ; mais, pour nous, ce n'est pas une question d'argent ! *(Applaudissements frénétiques.)* Il ne s'agit pas de notre prospérité, de notre confort et de notre luxe, mais uniquement de savoir si nous voulons réaliser la justice ; et pas seulement la justice, mais en même temps tous ces idéaux pour lesquels nos aïeux ont vécu et combattu et pour lesquels ils sont morts : ces idéaux qui font le prix de notre civilisation occidentale. *(Applaudissements.)* La liberté est en danger, dès qu'on foule aux pieds l'amour du prochain, qu'on n'observe plus le commandement de protéger les faibles, lorsqu'on insulte à l'institution du mariage, qu'on induit un tribunal en erreur ou qu'on réduit une jeune mère à la misère. *(Cris de dégoût.)* Ces idéaux, nous voulons les mettre en pratique et, au nom et avec l'aide de Dieu, nous y tenir jusqu'à la mort. La richesse n'a de sens que si elle est source de grâce. Mais on n'est béni de la grâce qu'à condition d'en être affamé. Êtes-vous affamés de grâce, habitants de Güllen ? A côté de la faim profane des biens matériels, avez-vous cette faim des choses de l'esprit ? Voilà la question que je tiens à vous poser, en mon nom de proviseur du collège classique. Il faut que vous ne tolériez plus le mal et que vous refusiez à tout prix de vivre dans un monde d'injustice, si vous voulez pouvoir accepter en toute conscience les cent milliards de Madame Zahanassian. Voilà ce que je propose à votre réflexion.

Tonnerre d'applaudissements.

LE SPEAKER

Vous entendez les applaudissements, Mesdames et Messieurs ? Je suis bouleversé. Le discours du proviseur témoigne d'une élévation morale hélas assez rare de nos jours. Il a dénoncé courageusement les torts et les injustices de toutes sortes qui se produisent dans toutes les communautés, partout où il y a des hommes.

LE MAIRE

Alfred Ill ?

LE SPEAKER

Le maire reprend la parole.

LE MAIRE

Alfred Ill, j'ai une question à vous poser.

> *L'adjudant de gendarmerie donne une bour-*
> *rade à Ill qui se lève. Le speaker s'approche de*
> *lui avec son micro.*

SPEAKER

A présent, la voix de l'homme à qui la commune de Güllen est redevable de la dotation Zahanassian, la voix d'Alfred Ill, l'ami de jeunesse de la bienfaitrice. Alfred Ill est un homme robuste d'à peu près soixante-dix ans, le parfait exemple du véritable enfant de Güllen de vieille souche. Il est ému, cela se comprend ! — plein de gratitude et de tranquille satisfaction.

LE MAIRE

Alfred Ill, c'est à cause de vous qu'on nous fait cette donation. En êtes-vous conscient ?

> *Ill prononce quelque chose à voix basse.*

LE SPEAKER

Il vous faut parler plus haut, mon brave homme, pour que nos auditeurs vous entendent.

ILL

Oui.

LE MAIRE

Êtes-vous prêt à respecter notre décision sur l'acceptation ou le rejet de la donation Claire Zahanassian ?

ILL

Oui.

LE MAIRE

Y a-t-il quelqu'un qui désire poser une question à Alfred Ill ? *(Silence.)* Y a-t-il quelqu'un qui désire faire une observation sur la donation Claire Zahanassian ? *(Silence.)* Monsieur le pasteur ? *(Silence.)* Docteur ? *(Silence.)* La police ? *(Silence.)* L'opposition politique ? *(Silence.)* Je passe au vote. *(Silence. On n'entend que le susurrement des caméras. Flashes.)* Que tous ceux qui, d'un cœur pur, veulent réaliser la justice lèvent la main !

> *Tous lèvent la main, sauf Ill.*

LE SPEAKER

Silence recueilli dans la salle. Rien qu'une mer compacte de mains levées, comme pour une formidable conjuration en vue d'un monde meilleur et plus juste. Le vieil homme est le seul qui soit resté assis, immobile, vaincu par la joie. Son but est atteint : il a fait le bonheur de sa ville grâce à la bonté de son amie d'autrefois.

LE MAIRE

La donation Claire Zahanassian est acceptée. A l'unanimité ! Pas à cause de l'argent.

LA COMMUNE ENTIÈRE

Pas à cause de l'argent.

LE MAIRE

Mais pour la justice.

LA COMMUNE

Mais pour la justice.

LE MAIRE

Et pour obéir aux exigences de notre conscience.

LA COMMUNE

Et pour obéir aux exigences de notre conscience.

Parce que nous ne pouvons pas vivre si le crime vit parmi nous.

LA COMMUNE

Parce que nous ne pouvons pas vivre si le crime vit parmi nous.

LE MAIRE

Nous voulons l'extirper.

LA COMMUNE

Nous voulons l'extirper.

LE MAIRE

Pour éviter la ruine de nos âmes.

LA COMMUNE

Pour éviter la ruine de nos âmes.

LE MAIRE

Et de nos biens les plus sacrés.

LA COMMUNE

Et de nos biens les plus sacrés.

ILL, *dans un cri.*

Mon Dieu !

L'OPÉRATEUR

Monsieur le maire, c'est malheureux. Panne de courant. Est-ce qu'on pourrait recommencer la fin du vote ?

LE MAIRE

Recommencer ?

146

Pour les actualités.

Mais bien entendu !

Les projecteurs fonctionnent ?

Ça marche.

Allons-y !

LE MAIRE, *en reprenant la pose.*

Que tous ceux qui, d'un cœur pur, veulent réaliser la justice lèvent la main !

> *Tous lèvent la main sauf Ill.*

LE MAIRE

La donation Claire Zahanassian est acceptée. A l'unanimité ! Pas à cause de l'argent.

LA COMMUNE

Pas à cause de l'argent.

LE MAIRE

Mais pour la justice.

LA COMMUNE

Mais pour la justice.

LE MAIRE

Et pour obéir aux exigences de notre conscience.

Et pour obéir aux exigences de notre conscience.

LE MAIRE

Parce que nous ne pouvons pas vivre si le crime vit parmi nous.

LA COMMUNE

Parce que nous ne pouvons pas vivre si le crime vit parmi nous.

LE MAIRE

Nous voulons l'extirper.

LA COMMUNE

Nous voulons l'extirper.

LE MAIRE

Pour éviter la ruine de nos âmes.

LA COMMUNE

Pour éviter la ruine de nos âmes.

LE MAIRE

Et de nos biens les plus sacrés.

LA COMMUNE

Et de nos biens les plus sacrés.

Silence.

L'OPÉRATEUR, *à voix basse.*

Eh bien, Monsieur Ill ?

Silence.

L'OPÉRATEUR, *déçu.*

Tant pis ! Dommage qu'il n'ait pas refait son cri de joie : « Mon Dieu ! » C'était formidable.

LE MAIRE

Ces messieurs de la presse, de la radio et du cinéma sont invités à une collation. Au restaurant. Le plus commode est que vous quittiez la salle par la sortie des artistes. On servira du thé pour les dames dans les jardins de l'Apôtre Doré.

> *La presse etc. s'en va par le fond à droite. Les hommes restent immobiles sur la scène. Ill veut s'en aller.*

L'ADJUDANT

Reste !

> *Il le force à se rasseoir.*

ILL

C'est pour aujourd'hui ?

L'ADJUDANT

Naturellement.

ILL

Pourquoi pas chez moi ?

L'ADJUDANT

Cela se passera ici.

LE MAIRE

Plus personne dans la salle ?

> *Le troisième et le quatrième hommes regardent dans la salle.*

LE TROISIÈME

Personne.

LE MAIRE

Sur la galerie ?

Vide.

LE MAIRE

Fermez les portes. Interdisez l'entrée de la salle.

> *Les deux hommes vont dans la salle.*

LE TROISIÈME

Fermées.

LE QUATRIÈME

Fermées.

LE MAIRE

Éteignez. La lune éclaire par les fenêtres de la galerie, cela suffit.

> *La scène s'assombrit. La lune éclaire à peine les hommes.*

LE MAIRE

Formez la haie !

> *Les hommes de Güllen forment la haie dans le fond de la salle.*

Monsieur le pasteur, c'est à vous.

> *Le pasteur se dirige lentement vers Ill et s'assied à côté de lui.*

LE PASTEUR

Eh bien, Ill, votre heure est venue.

ILL

Une cigarette.

LE PASTEUR

Monsieur le maire, une cigarette, s'il vous plaît.

LE MAIRE, *chaleureux*.

Cela va de soi ! J'en ai de très bonnes.

> *Il tend son paquet au pasteur qui l'offre à Ill.*
> *Celui-ci prend une cigarette, l'adjudant lui*
> *donne du feu. Le pasteur rend le paquet au*
> *maire.*
>
> *Le pasteur sort une Bible de sa poche et*
> *l'ouvre pendant que les gens de Güllen joignent*
> *les mains.*

LE PASTEUR

On lit dans le prophète Amos, au chapitre 8, verset...

ILL, *doucement*.

Non.

> *Il fume.*

LE PASTEUR

Vous n'avez pas peur ?

ILL

A peine.

LE PASTEUR, *ne sachant que dire*.

Je prierai pour vous.

ILL

Priez pour Güllen.

> *Ill fume. Le pasteur se lève et va rejoindre*
> *les autres.*

LE PASTEUR

Que Dieu nous soit clément !

LE MAIRE

Alfred Ill, levez-vous.

L'ADJUDANT

Lève-toi, salaud !

> *Il le fait lever brutalement.*

LE MAIRE

Adjudant, dominez-vous.

L'ADJUDANT

Excusez-moi : ça m'a échappé.

LE MAIRE

Alfred Ill, venez.

> *Ill lâche sa cigarette, l'écrase du pied, puis
> va vers le milieu de la scène, le dos au public.*

LE MAIRE, *lui montrant la haie.*

Avancez.

> *Ill hésite.*

L'ADJUDANT

Allez : vas-y !

> *Ill entre lentement dans la haie que forment
> les hommes silencieux. Il s'arrête, se retourne,
> voit la haie se refermer impitoyablement sur lui
> et tombe à genoux. La haie se transforme en
> un nœud humain silencieux qui se gonfle puis
> s'abaisse lentement.*
>
> *Les journalistes rentrent par la droite en
> avant. Lumière.*

REPORTER I

Qu'est-ce qu'il se passe ?

> *Le nœud humain se désagrège. Les hommes
> se rassemblent au fond. Il ne reste plus que le
> médecin, agenouillé auprès du cadavre recou-*

vert d'une nappe, comme cela se pratique dans les cafés. Le médecin se relève en rempochant son stéthoscope.

LE MÉDECIN

Une attaque.

LE MAIRE

Il a dû mourir de joie.

REPORTER II

C'est la vie qui écrit les plus belles histoires.

> *Les reporters sortent.*
> *Claire Zahanassian arrive de la gauche, suivie du valet de chambre. Elle voit le cadavre, reste un moment immobile, revient au milieu de la scène et se tourne face au public.*

CLAIRE ZAHANASSIAN

Portez-le jusqu'ici.

> *Roby et Toby amènent une civière, déposent Ill dessus et le portent aux pieds de la dame.*

Découvre-le, Boby.

> *Le valet de chambre découvre le visage d'Ill. Elle le regarde sans faire un mouvement.*

Recouvre-le ! *(Le valet de chambre obéit.)* Portez-le dans son cercueil. *(Roby et Toby emmènent le cadavre.)* Boby, conduis-moi dans ma chambre. Fais faire les bagages, nous partons pour Capri.

> *Le valet de chambre lui offre son bras et l'emmène vers la gauche. Elle s'arrête subitement.*

CLAIRE ZAHANASSIAN

Monsieur le maire !

Le maire se détache des rangs des hommes silencieux et s'avance lentement.

Le chèque !

Elle lui tend un papier et sort avec le valet de chambre.

Dès le deuxième acte, de meilleurs vêtements ont exprimé le bien-être croissant de la population, petit à petit, discrètement mais irrésistiblement ; le décor aussi s'est fait de plus en plus appétissant, comme si on avait déménagé d'une banlieue pauvre dans un quartier moderne et bien aéré. L'enrichissement progressif éclate en apothéose au dernier tableau, vrai paysage d'une happy end universelle. Des drapeaux, des guirlandes, des affiches, des éclairages au néon décorent la gare rénovée. Les gens de Güllen, hommes et femmes, tous en tenue de gala, forment deux chœurs. La fin évoque la tragédie grecque ; pas par hasard, mais en vertu de la situation, un peu comme les derniers signaux d'un navire avarié qu'emporte le courant.

CHŒUR I

L'horreur abonde :
Les tremblements de terre,
Les montagnes qui crachent le feu,
Les tempêtes aveugles sur la mer ;
Sans compter la guerre !
Avec ses blindés qui rugissent
En ravageant nos champs de blé
Et le champignon sidéral de la bombe atomique.

CHŒUR II

Pourtant rien n'est plus horrible
Que la pauvreté !
Les aventures lui sont étrangères,

Elle étrangle les hommes
Grâce au lacet qu'elle a tressé
Avec les fils des journées vides
Et des jours sans histoire.

LES FEMMES

Elle ôte tout recours aux mères
Qui voient dépérir tout ce qui tient à leur cœur.

LES HOMMES

Dans l'homme elle crée la révolte
Et le pousse à la trahison.

LE PREMIER HOMME

Elle l'oblige à flâner en souliers éculés.

LE TROISIÈME

Un mégot d'herbe puante au coin de la bouche.

CHŒUR I

Elle prive les ouvriers de leur pain
En arrêtant les usines.

CHŒUR II

Les trains finissent par brûler
Les gares qu'elle a maudites.

TOUS

Quelle bénédiction

MADAME ILL

Qu'un heureux destin

TOUS

Ait changé tout cela !

LES FEMMES

Nous portons à présent des robes bien faites
Qui moulent nos corps gracieux.

LE FILS

Le jeune homme pilote sa voiture de sport,

LES HOMMES

Le commerçant sa limousine.

LES FILLES

Les jeunes filles pourchassent la balle
Sur des surfaces rouges.

LE MÉDECIN

Le médecin opère joyeusement
Dans des salles d'opération carrelées de dalles vertes.

TOUS

Le dîner fume dans les maisons.
Satisfait, bien chaussé,
Chacun fume une feuille de qualité.

LE PROVISEUR

Les esprits curieux se nourrissent de science.

LE DEUXIÈME

L'industriel actif entasse les trésors :

TOUS

Les Rembrandt sur les Rubens !

LE PEINTRE

L'art nourrit abondamment les artistes.

LE PASTEUR

Les Chrétiens se pressent au culte
A Noël, à Pâques et à la Pentecôte.

TOUS

Les grands rapides étincelants et majestueux
Qui se hâtent sur leurs chemins de fer
De ville voisine en ville voisine
Pour relier les peuples entre eux
Font arrêt dans notre cité.

De la gauche débarque le contrôleur.

LE CONTROLEUR

Güllen !

LE CHEF DE GARE

Rapide Güllen-Rome, en voiture s'il vous plaît ! Le
wagon-salon est en tête.

*Du fond arrive Claire Zahanassian dans sa
chaise à porteurs, immobile comme une vieille
idole, avec sa suite. Elle passe entre les deux
chœurs.*

LE MAIRE

Elle s'en va,

TOUS

Celle qui nous a richement dotés.

LA FILLE

Notre bienfaitrice !

TOUS

Avec sa noble suite !

Claire Zahanassian sort par la droite. En fin

de cortège vient le cercueil que des porteurs emmènent lentement.

TOUS

Elle emporte quelque chose de précieux qui lui a été confié.

LE MAIRE

Qu'elle vive !

> *Le chef de gare donne le départ.*

LE PASTEUR

Que Dieu nous garde,

TOUS

Dans le tourbillon de notre époque frénétique,

LE MAIRE

Notre prospérité !

TOUS

Qu'il nous conserve la paix,
Qu'il nous conserve la liberté !
Que les ténèbres n'assombrissent plus jamais
Notre ville splendidement ressuscitée,
Afin que nous puissions jouir de notre bonheur
En toute félicité !

FIN

LA VISITE DE LA VIEILLE DAME

*a été représentée pour la première fois en langue française
le 28 février 1957 au Théâtre Marigny, à Paris,
sous la direction de Madame Simonne VOLTERRA
et de
Messieurs Jean-Pierre GRENIER et Olivier HUSSENOT
avec la distribution suivante :*

Les Visiteurs :

CLAIRE ZAHANASSIAN, *née* Wäscher, milliardaire (Armenian-Oil)	SYLVIE
SES MARIS VII à IX	CHISTIAN MARIN
LE VALET DE CHAMBRE	PAUL CRAUCHET
TOBY } *mâcheurs*	ANDRÉ NADER
ROBY } *de chewing-gum*	JACQUES DEGOR
KOBY } *aveugles*.............	RENÉ JANOT
LOBY }	MICHEL TRÉVIÈRES

Les Hôtes :

ILL	OLIVIER HUSSENOT
SA FEMME.................	FLORENCE BLOT
SA FILLE	MICHÈLE NADAL
SON FILS.................	ANDRÉ CHARPAK
LE MAIRE	LUCIEN BARJON
LE PASTEUR..............	YVES ARCANEL
LE PROVISEUR	JEAN-ROGER CAUSSIMON
LE MÉDECIN	HENRI VIRLOJEUX
L'ADJUDANT DE GENDARMERIE	ANDRÉ THORENT
LE PREMIER CITOYEN.......	HENRI LABUSSIÈRE
LE DEUXIÈME CITOYEN	ANDRÉ JULIEN
LE PEINTRE...............	GILBERT EDARD
LA PREMIÈRE FEMME	JACQUELINE NOELLE
LA SECONDE FEMME........	ARMANDE NAVARRE

Mlle LOUISE	CLAUDE RIMBAUD
LES SERVANTES	MICHÈLE NADAL
	NOELLE VANIA
	SOPHIE PERRAULT
	CLAUDE RIMBAUD
LES FILLES DU MAIRE	NOELLE VANIA
	SOPHIE PERRAULT
LE GYMNASTE	ANDRÉ NADER
LE CHEVREUIL	MICHÈLE NADAL

Les Gêneurs :

REPORTER I	MICHEL TRÉVIÈRES
REPORTER II	RENÉ JANOT
L'OPÉRATEUR	LUCIEN DARLOUIS
LE SPEAKER	ANDRÉ CHARPAK

Les autres :

LE CHEF DE GARE	LUCIEN DARLOUIS
LE CHEF DE TRAIN	ANDRÉ CHARPAK
L'HUISSIER	HENRI VIRLOJEUX

dans une mise en scène de Jean-Pierre GRENIER,
avec des décors et des costumes
de Jacques NOEL.

Composition réalisée par C.M.L., Montrouge.

IMPRIMÉ EN FRANCE PAR BRODARD ET TAUPIN
Usine de La Flèche (Sarthe).
LIBRAIRIE GÉNÉRALE FRANÇAISE - 6, rue Pierre-Sarrazin - 75006 Paris.

ISBN : 2 - 253 - 04730 - 9   ✦ 42/3102/3